ことのは文庫

君はいつも、迂回する

柑実ナコ

JN108995

MICRO MAGAZINE

C O N T E N T S

零.

私達の回り道には、
必ず理由があった

006

一.

その回り道は、優しさの証拠

008

二.

その回り道と、寂しさの受容

072

三.

その回り道で、悔しさの昇華

162

四.

その回り道が、苦しさの入口

196

五.

その回り道に、愛しさの行方

232

君はいつも、迂回する

零・私達の回り道には、必ず理由があった

『お前らほんっと、しょうがねえなあ』
――青春真っ只中だった、あの頃の彼曰く。

一．その回り道は、優しさの証拠

「……や、やっぱり無理」

「おい珠杏《すず》ちゃん、何言い出すんすか」

「今日はやめとく。気持ちが乗ったら行く」

「おいおいおいおい待て、お前の気持ち乗るの待ってたら高校一年生が終わるわ!!」

ぐるん、と進行方向を変えて足速に立ち去ろうとする私のセーラー服の襟《えり》を、背後から思い切り掴《つか》んでくる人物を睨《にら》みつけた。半袖の白いワイシャツ姿の男の胸ポケットには、私の胸元に付いているものと同じ校章が刺繍《ししゅう》されている。

「離して、節《せつ》」

「あのなあ、何回も言ったろ!?　六組はまじで良い奴しか居ないから」

「……本当?」

「本当だっつの、お前は幼馴染《おさななじみ》の言うことが信じられないんですか!?　寂しいよ俺は」

「し、信じてるけど」

「うむ」

「信じてるけど、節、バカじゃん……」

「え、関係なくない?? 確かに僕は部活ばっかりでテストは赤点だらけのバカですけれども」

うっと胸を手で押さえる仕草と共に語り始める節に、大きく溜息《ためいき》を漏らす。「ごめん今のは八つ当たり」とこめかみに手を当てながら次《つ》いで呟《つぶや》けば、節は丸っこいビー玉のような透き通る瞳を細めた。既に日焼けし始めている小麦色の肌に、にかっと笑った時に見える左上の八重歯。地毛である茶色がかった髪の襟足をすっきり刈り上げた短髪の男は、誰が見ても溌剌《はつらつ》として健康的な青年（もしかしたら少年）の印象を抱かせる。そんな節は、「大丈夫だって」と明るく言いながら、私の髪を、まるで犬でも愛《め》でているかのように好き勝手に撫《な》で回して乱す。その瞬間、今朝、肩に付かないくらいまでのミディアムヘアの毛先をコテでワンカールにしっかり巻いてセットした私のヘアスタイルは、明らかに台無しになった。

「よし！」

「何が『よし』よ!? 髪ぐしゃぐしゃになった……！」

「だぁって、なんかちゃんとし過ぎて珠杏らしくねーんだもん。いつももうちょっとラフな感じじゃん」

「私はド直毛で髪が撥《は》ねやすいの！ もう、だからちゃんとセットしたのに」

「大丈夫だって」

「何が!!」

「そんなガチガチになんなくても、〝三ヶ月遅れのクラスメイト〟でも。——ちゃんと歓迎してもらえる」

髪型の話をしていた筈《はず》なのに、節のその言葉は、私の心の奥を見透《みす》かしているようだった。灰色のプリーツスカートのポケットから取り出した手鏡を握る手に力がこもる。男が一歩こちらへ近づくと、斜め掛けしたエナメルバッグのショルダー部分に付けられた野球ボールのマスコットが少しだけ揺れた。

「……私が普通じゃ、なくても?」

尋ねる声が思わず震えてしまった。その瞬間、節は腰を屈めて私と視線をしっかり合わせてから強く頷《うなず》く。昔は私の方が背が高かったのに、今では百七十五センチある男とは十五センチ以上も差が出来てしまった。「童顔だから、節はあんまり身長が高く見えないね」と以前言ったら不満げに頬を膨《ふく》らませて、子供のように怒っていたことを思い出す。

「ノープログラムだねそんなもん!」

「……ノープロブレムね」

「惜しい!」と、快晴の明るさに負けない輝きで笑う男は、またそう言って私の頭を撫でる。ヘアセットがどうとか、満開の笑顔を前に怒る気力がいよいよ失われて、その代わりに少しだけ自分の表情がほぐれるのが分かった。

——七月のはじめ。瑞々《みずみず》しく生い茂る青葉を照らす朝日は、駅前で立ち止まる私達にも容赦なく降り注ぐ。ＪＲ横須賀《よこすか》線に揺られ、地元の横浜《よこはま》から約五十分ほどで漸《ようや》く辿《たど》り着く衣笠《きぬがさ》駅にこうしてきちんと降り立ったのは、実は今日が初めてだ。言わずもがな商業施設や飲食店が充実している横浜では、大体のことは事足りる。東京《とうきょう》にだって、乗り換えなしで一時間以内に到着出来てしまう便利な土地柄だ。だからこそ、聞き馴染みのある鎌倉《かまくら》や横須賀を電車で通過してまで、この衣笠を訪れる機会は今まで無かった。どこか落ち着かない気持ちになるのは、レトロな雰囲気を醸《かも》す平屋式の駅舎の新鮮さと、後は、今日初めて袖を通した真新しい制服にも要因があるかもしれない。

入学式から三ヶ月のブランクを経て、衣笠駅を最寄りとする高校へ登校することになった初日。緊張でなかなか足が進まない私の背中をぐいぐい押すのは、幼馴染の多賀谷《たがや》節だ。家が近所で、幼稚園の頃からずっと一緒で。中学は別の学校に通ったけれど、この度、また同じ高校に通うことになり、なんとクラスも同じらしい。

どちらかと言うといつもネガティブ思考で生きる私と正反対のポジティブ男の存在は、勿《もち》論《ろん》、有難《ありがた》くもあるけれど。

「……珠杏！　もっと走れ‼」

「ちょ、っと、まって……！」

――何故こんな、全速力で走る羽目になっているのだろう。

息も絶え絶えに答えれば、エナメルバッグを肩に掛け直した男が振り向きながら私を急《せ》かす。一体なんなの、この展開。

『よし分かった！　初登校に緊張しっぱなしの珠杏に、通学路にある楽しさを教えてしんぜよう』

数十分前、そんな風に提案してきたこのおバカな幼馴染の提案に乗ってしまった自分を心から責めたい。

「節のバカ!!」

「そんな怒んなよお、通学が楽しくなる有益な情報得られただろ？」

「どこが!?」

「この自販機は割と当たりが出る」とか「途中のバス停では、近くの女子高の生徒を沢山拝める」とか「あのコンビニは少年ジャンプが紐《ひも》で括《くく》られて売ってないから、月曜の朝は最新号の立ち読み可能」とか。最後は「あ、ほら。この道、なんとぺんぺん草もあります」とネタ切れも甚《はなは》だしい紹介までされた。

駅から高校までは、充分歩いて行ける距離だと聞いていたのに。駅を出て直ぐ左に曲がった後、なかなか目的地に辿り着かず、随分遠いなあと思っていた。

——この男、相当回り道をしてくれていたらしい。

お陰で気付いた時には予鈴の五分前で、こうして校門を目指して二人して朝から猛ダッシュしている。

「初日から遅刻とか、ほんと、絶対笑えない……！」

「ある意味インパクトあるけどなあ」

「やだよそんなインパクト！」

「おー、よく声出るじゃん。リラックスしてきたな」

何を呑気《のんき》な。けたけたと焦《あせ》りよりも楽しさを乗せて、息切れもせず進んでいく節を背後から睨んでいると、私達のすぐ傍を突然、風が走りぬけた。

「——臨《りん》!!」

「……なに」

直後、節の大きな声に身体を揺らした人物が乗っていた自転車に急ブレーキをかけて、訝《いぶか》しげな声と共に振り返る。

「お前、救世主か!?　ちょっと後ろ乗せろ！」

「……なんで。嫌なんだけど」

「いや俺じゃなくて、珠杏のこと乗っけて！」

「は？」

まるで節とは違う低く平らな声を出した男が、節の指差した、つまり後ろで息を切らしている私の方角へ振り返る。器用に自転車に跨《また》ったまま、険《けわ》しい表情を浮かべた男と視線ががっちりと交わった。

白いワイシャツの袖をまくって引き締まった腕の筋を惜しげもなく晒《さら》す男の顔には、くっきりと綺麗な二重幅を保つ双眸《そうぼう》、峰のある高い鼻、結ばれたままの薄い唇。小さな輪郭《りんかく》の中に高校生にしては既に完成され過ぎたパーツが整然と並んでいる。癖の無い綺麗な黒髪は、同時にきちんと爽やかさまで印象付けた。

「……誰」

友好的とは言い難い問いかけと、威圧感さえ覚える強い眼差しに、思わず身体が強張《こわば》って肩が上がった。そして、節と同じ白地に緑色のラインが入ったデザインのエナメルバッグを斜めがけしていることに気付く。

「俺らと同じクラスの一年六組、宮脇《みやわき》珠杏ちゃんです！　俺の幼馴染です！」

私が何か答える前に、ニコニコと節が説明してくれてしまった。恐る恐る視線を戻すけど、目の前の男は全く表情が動かない。なんか、ちょっと怖い。

「珠杏、こいつ、保城《ほうしろ》臨な。俺らと同じ六組で、俺と同じ野球部！　まあなんていうか敢《あ》えて言うのほんのちょっぴり照れくさいけど……、親友ってやつよ」

「違うけど」

間髪を容れず臨と言うらしい男に否定されても節は全く堪《こた》えていない。メンタルが凄いといつも感心してしまう。

「アーっ！　まずいマジでまずい！　このままでは絶対必ず間違いなく遅刻する!!　ほら珠杏さっさと乗れ！」

「は？　お前なに勝手に……！」

「──うわっ、」

スマホを確認した後、大声で慌て始めた節が思い切り私の腕を引っ張った。そして動揺《どうよう》を僅《わず》かに乗せた男の声が耳に届いたのと、顔面に痛みが走ったのは同時だった。

「はいさっさと出発！　俺のことは良いから行け！　屍《しかばね》を越えていけ……!?」

「最後、絶対意味違うでしょ」とツッコミを入れる前に、自分の状況を把握《はあく》することに努める。自転車の後ろに、横向きに座らされた私の顔面の痛みは、節の強引さの所為《せい》で、思い切り運転手の背中にダイブしてしまったからだとそこで漸く分かった。ジンジンと痛む鼻を押さえていると、前から大きな舌打ちが落ちる。

「おい」

「え」

「振り落とされても、そのまま置いてくから」

「ちょ……!!」

眉間に皺《しわ》を寄せてこちらを一瞥《いちべつ》した男が、その後、容赦なくペダルを漕いで自転車のスピードを加速させる。不安定にぐらつく身体を保つために咄嗟《とっさ》に目の前の男の背中にしがみつこうとしてしまった。でも「それは違う」と瞬時に判断を下し、背中にかけられたバッグを代わりに思い切り掴んだ。


「全く。登校初日から二人乗りして？　よりにもよって、学年主任かつ生徒指導の東郷《とうごう》先生に見つかって説教されて遅刻とは何事よ？」

「……ごめんなさい」

「臨ちゃんも聞いてる？　あのね、そもそも二人乗りは交通ルール違反だからね？　あと、遅刻は立派な校則違反。もっと上手くやってくれる？　東郷先生コワイんだからボク、怒られたく無いわけよ」

　――職員室の、とある窓際のよく陽が当たる一角。回転式の椅子をキコキコ鳴らすのは、私のクラスの担任の前山《まえやま》先生だ。教科は地理を担当している。寝癖なのかお洒落《しゃれ》パーマなのか判断が難しい毛先があちこち撥ねたヘアスタイルに、灰色のカットソーと黒のスラックスという色味の少ない服装。何故か足下は健康サンダルだし、見た目から「やる気」というものは感じられない。それどころか、学生でも通用しそうな、きっと教師の中で私達とも年齢が近いであろう彼からは「威厳」なんてものも見当たらない。この高校に通うことが決まって、節が「前ちゃんはまじでイージー」と雑な説明をしてくれていたのを思い出す。その時は「何も伝わらない」と怒ったけれど、奴の説明は全くの的外れでも無かったと知る。ちょっとだけ意味が理解出来た。この人、注意の仕方からして、めちゃくちゃ厄介《やっかい》なことが面倒そうだし緩《ゆる》い。

『お前ら何やってんだァー！！』

節に見送られた後、結局二人乗りしている姿が東郷先生に見つかって怒号を伴う説教をいただいて。無事に登校初日から遅刻扱いになった私は、運転手をしていた男と共に職員室に連行された。

とっくに一限目が始まっているし、もう、私の高校生活は終わった。最悪だ。こんな風に悪目立ちしてどうしよう。「不良だ」と判断されて誰も目を合わせてくれないかもしれない。どんどんマイナス方向へ舵《かじ》を切って沈んでいく心に合わせて、視線を上靴に落とす。

「分かった、これからは上手くやる。東郷のことも上手く撒《ま》く」

「うん。あのね臨ちゃん、全然分かってないわ。東郷〝先生〟ね？　あと、先生のこと〝撒く〟とか物騒《ぶっそう》な表現するのやめて？　ちょっとうるさ……間違えた、ちょっといつもお説教が長いだけだから」

「今、うるさいって言いかけたろ」

「ハ？　言ってないし」

「つか臨ちゃんって呼ぶのやめろ」

「えー、だって臨ちゃんの方が呼びやすいからさ」

「もう教室行って良い？」

「いや、この人ぜ〜んぜん反省してなさそうなんだけど。……まあ良いよ。とにかく怪我《けが》に繋《つな》がることだけはしないでね、宮脇さんも分かった？」

「はい。本当に、すみませんでした」

まるで小学生のような注意を受けていることに改めて落ち込みながら、深々とお辞儀《じぎ》をする。なんとなく、頭上から私に向かう視線に気付いた。ゆっくりと視線を持ち上げれば、頬杖をついた前山先生が垂れ目がちの一重の瞳を細める。緩い雰囲気を保つ中での笑顔の筈なのに、どこか敏《さと》さが孕《はら》んでいて、思わず身構えた。この人のことが、掴めるようでまるで掴めない。

「宮脇さん、どう？」

「え？」

「横浜から横須賀線で来たんだよね？　衣笠とか、こっちまで来ること今まで無かったんじゃない？」

「……あ、はい。初めてです」

「衣笠はね、駅前の商店街に活気があって賑《にぎ》やかな一方、大変緑が豊かでのどかな土地でもあります。ハイキングコースにもなってる衣笠山公園、凄くおすすめだよ。春は桜の名所で有名だし、展望台からの眺めも最高。天気が良ければ東京湾《とうきょうわん》だけじゃなくて、富士山《ふじさん》や東京タワーも見えるし。ね、臨ちゃん」

「興味ない」

「え、嘘でしょ？　それでも本当に横須賀市民なの？」

隣の仏頂面《ぶっちょうづら》の男が特段興味なさそうに答えると、前山先生はちょっとわざとらしい溜息と共に、机に立てかけられていた分厚い本を手に取った。そして神奈川《かながわ》県が大きく描かれた地図を広げて、とある一角を指し示した。

「そもそも横須賀って場所はね、ほらここ、三浦半島《みうらはんとう》の大部分を占めてる。東京湾と相模湾《さがみわん》の二つの海に面しながら、緑も凄く多い。山が海に迫ってるロケーションがこれだけ広がってる地形は珍しいんだよ。それに、ペリーさんが来航してきた新しい時代の始まりの場所でもあって、恵まれた地形も相まって『軍港都市』として発達してきた歴史も深い。つまりどういうことか分かる？　臨ちゃん」

「は？」

「歴史も好きな地理の教師には、横須賀市は『最高の場所』ってことだね」

「なんだそれ」

未だに地図を広げて柔らかく笑う前山先生に、今度は保城が疲弊《ひへい》したような溜息を漏らす。

二人の会話をただ聞いているだけの私へ、また先生が視線を戻した。

「俺は、この街が凄く好きなんだよね。だから宮脇さんも、此処《ここ》で楽しんでくれたら嬉しい」

初めて降り立ったこの場所に、「好き」や「楽しい」なんて感情を抱くことを考えもしなかった。これから〝そう〟なることも、今の私には全く想像出来ない。――想像しては、いけない気がする。

戸惑《とまど》いばかりが表情に浮かんで言葉を返せない私に、前山先生は変わらない笑顔のまま「さて」と切り出した。

「今日、朝のＨＲ《ホームルーム》で宮脇さんのことみんなに紹介したかったんだけど一限始まっちゃったから。とりあえず臨ちゃんとこのまま教室行ってくれる？」

「……はい」

遅刻をしてしまった失態を思い出して、覇気《はき》のない声で返事をする。可笑《おか》しそうに相好《そうごう》を崩した前山先生は「まあ元気だしな？」と、何故かミント味の喉飴《のどあめ》をくれた。

「……あの、」

前をスタスタと歩く男の背中に、意を決して呼びかけた。既に授業が始まっている人気の無い静かな廊下では、小さな細い声でもしっかりと木霊《こだま》する。絶対に聞こえている筈の男は、先を歩いて全く足を留める気配が無い。

「あの!?」

「……うるさ。そんなデカい声出さなくても聞こえてる」

もう一度勇気を出して声をかけると、そこで男は漸く立ち止まった。「聞こえてるなら反応しろ」と真っ当に言い返さなかった自分を褒《ほ》めたい。ポケットに手を突っ込んで、無言のままこちらに視線を向ける男は、感情がよく掴めない。仏頂面で薄い唇を一文字に結んでいる。元々目つきが良くないのか、整った彫りの深い瞳が作り出す鋭い眼差しに気圧《けお》されながらも、己を鼓舞《こぶ》した。

「巻き込んで、すみませんでした」

「本当にな」

「……わ、私の所為で貴方《あなた》まで説教されて」

「本当にな、すげー迷惑」

「いや、そもそも私というか、大体……!」

——しまった。もはや食い気味に腹立たしく肯定されて、瞬間的に何かの糸が切れかけた。思わず勢いよく言葉を発してしまったことに、今さら後悔しても遅い。でも、あの呑気な幼馴染の笑顔を思い出せば「大体、節の所為だ」とその後に繋げることは躊躇《ためら》われた。一応、あの変な遠回りも全て、私のためにやってくれたことだし、と考えを改めて反省する。節、ほんとバカだけど。

「大体、なに？」

「……何でもないです。それより教室までの案内、ありがとうございます」

「別に」

「あの!!」

素《そ》っ気《け》なく返した男が、再び早々に背を向けようとするのを咄嗟に呼び止めた。

「まだ何かあんの」

「……ろ、六組ってどんな雰囲気ですか」

「は？」

「こんな時期に転校生が来るの、やっぱり変だって思われてますよね」

今日、家を出る瞬間から気にかけていたことがスルッと喉を通り抜けた。でも眉間に皺を作って訝しげに聞き返す男の表情を見て、焦りが湧き出てくる。

「ごめんなさい、何でもないです。忘れてください」

怖くなって、そう訂正しながら無理矢理に笑顔をつくる。すると目の前に立つ、何の変哲も無い黒の学生ズボンでも脚の長さが目立つ男が、大きく溜息を漏らした。

「そういうの、やめれば？」

「……え？」

「無理して本心を誤魔化《ごまか》して取り繕《つくろ》うの？　絶対いつかボロ出るし無駄」

「……ど、どういう意味、ですか」

綺麗で整った顔は、やはりポーカーフェイスを保って乱れることが無い。この蒸し暑い日にも涼しげな空気を纏《まと》う男が、躊躇うことなく再び口を開く。

「『うるさいし面倒くさい奴』って、どうせ直ぐ本性バレんのに猫被《かぶ》る努力必要？　って意味」

そして言い放ったことに満足したように再び歩き出す男の言葉を、頭で再生すれば怒りで自分の身体が震え始める。

ウルサイシメンドウクサイ。

――なんだ、この男。

「……あんた、性格悪いって言われない？」

「言われる」

またあっさり肯定されて、こちらの怒りのボルテージだけが勝手に上がる。やっぱり節、大嘘吐きだ。うちのクラスには良い奴しか居ないんじゃなかったの。心で問いかけつつ、怒りに任せてずんずんと男の目の前まで近づく。

「今に見てなよ、絶対……お、おしとやかで慎《つつ》ましいキャラでいくから！」

「ああ、うん。興味無いし邪魔《じゃま》、どいて」

前に立ち塞《ふさ》がって睨み上げながら伝えるのに、こちらの興奮具合とは全く釣り合いの取れない返事をされて、とうとう立ちくらみを起こしそう。(怒りで)

「――〝おしとやかキャラ〟でいくの？」

「え!?」

背後から突然聞こえてきた別の声に、身体が飛び上がる。振り返れば、女子生徒が私達をじっと観察していた。傷みを知らない艶々の長い黒髪が白と淡い水色のセーラー服によく映えている。腕を組んでじっとこちらを見つめる綺麗な眼差しに吸い込まれそうになった。

「宮脇さん、だよね」

鈴を転がすような声で尋ねられ、スクールバッグを胸に抱えたまま縦に頷く。同時に彼女が不思議そうに首を傾げると、はらりと美しい髪が束になって肩から落ちた。

「……なに？　保城、知り合いだったの？」

「全く」

直ぐ後ろにいる保城臨が即答で否定していてまた、ムカついてきた。いや確かに知り合いでは無いのかもしれないけど。でも全く無関係でも無いだろ、とツッコミたくなって堪《こら》える。

「初めまして、私、一年六組で委員長してます。筑波洋《つくばよう》です。今日から転校生がクラスに来る筈なのに遅いから職員室に聞きに行こうとしてたの」

「あ、ごめんなさい……」

「何どうした、道にでも迷った？」

「えっと、そうですね。そんなとこです……」

「まじか」と口角をきゅ、と上に持ち上げる筑波さんは、同い年に見えないくらいに大人っぽい。肌も白くて手足がすらっと細く長い。綺麗で羨《うらや》ましいなとまじまじ見つめていると、真っ直ぐ視線がかち合った。

「……それで？」

「え？」

「さっきの会話ちょっと聞こえてたけど。どうする？　とりあえず、おしとやかキャラでいってみる？」

「え……!?」

ふと微笑みながら尋ねられて、驚きに満ちた反応をしてしまった。そこそこ大きな声が廊下に響いて咄嗟に口元を覆う。どう見ても「おしとやかで慎ましい」から対極に居る。

「キャラ作るなら別に止めないし見守るよ？　でも最初に背伸びしてキャラ決めると後からきっと大変だよ」

長い睫《まつ》毛《げ》に囲われた瞳を細めて目元にくしゃりと笑い皺を増やす彼女を前に、自分の頬に熱が集まっていくのが分かる。

「あ、おしとやかだったら、こんな気軽に話しかけられるのもウザい？」

「……あの、私が悪かったです。〝おしとやか〟、多分厳しいです……」

頭を垂れて情けなく言うと、「素直だね」と一層楽しそうな筑波さんの笑い声に、直ぐ隣から嘲笑《ちょうしょう》が交ざる。

犯人が誰かは流石《さすが》にもう分かる。というか角度的に保城臨は、彼女が私の背後から近づいているのに気付きながらこちらを挑発してきたのだと分かって更に腹立たしい。

「良かった、こっちも素の宮脇さんを知りたいしね？　ちなみに私は委員長を名乗りつつ普通に授業サボるのも上手いです。今も宮脇さん気にかけるフリして授業抜け出してきたし」

あっけらかんと伝えられて、それこそおしとやかな第一印象が、一気に崩れた。でもそれを全く気にする必要が無いと言わんばかりの屈託《くったく》のない笑顔で手を差し出される。

「ようこそ一年六組へ。更に言っておくと、もう節から死ぬほどうちら、〝珠杏ちゃん〟の情報聞いてるから」

「え……」

「幼稚園でも小学校でも割と男勝りで、男子泣かせたこともあるとか、頭が凄く良くて中学受験したとか、漫才するならボケというよりツッコミ、とか？」

あの男、プライバシーというものを知らないのだろうか。でもどうでも良い情報を嬉々と話す様子も簡単に想像出来て頭痛がしてきた。

――三ヶ月遅れて始まる高校生活。

『え、珠杏って〝そう〟なの？』

『なんか一緒にいるの怖いね』

　とにかく前のように目立たないように、誰の視界にもなるべく留まらないように。そういう決意を携《たずさ》えていた筈だったのだけど。

「……私が甘かったですね」

「そうだね、節のおバカっぷりはもうクラスでも周知だから。その幼馴染ってなったらみんな気になるでしょ。ねえ保城」

「さあ」

「なんか全く気になってない奴も居るみたいですが？」

「指差すな」

「え、宮脇さんと保城、もう随分仲良くなったんだね？　良かったわ」

　良くないです。そして仲良くなってません、全く。この男が規格外に、初対面から腹立たしいだけです。

「――あれ、珠杏と臨!?」

　反論を心の中で唱えていると、喧《やかま》しい男の声が飛んでくる。足の速さを活かして廊下を猛ダッシュしながら近づいてくる節は、驚きに目を見張る。

「え、なんで此処に居る!?　委員長までどうした、授業は？」

「……節、ちょっと後で説教したいんだけど」

「俺は一発殴らせろ」

「しかも二人共お怒りモード!?　なに、もしかしてお前らも結局遅刻したの!?」

私と保城臨の態度から察したのか、存分に驚いた後は「鈍臭せえ～～」とけたけた子供の悪戯《いたずら》が成功したかのように笑っている。保城臨からのゲンコツが落ちても、変わらずキャッキャとまるでお猿のように笑っていて、再び生徒指導の東郷先生の雷が落ちたことは言うまでもない。


「節の幼馴染なんでしょ？」

「節って昔からおバカなの？」

二限目が始まる前に前山先生が教室に来てくれてクラスでの自己紹介を何とか終えた。元々不安を抱えていた上に初日から遅刻をするという失態をしたにも拘《かかわ》らず、クラスメイトのみんなの反応は、とても温かかった。私の席にやってきたみんなから節のことを尋ねられ「はい、バカです」と素直に答える。そして「ひどいッ!?」と、すかさず輪に入ってくる幼馴染の男のおかげで、私は随分と呼吸がしやすかった。

「こんなしっかりした幼馴染きたら、臨ちゃんいよいよママ卒業じゃん」

「うるせえよ」

「臨、拗《す》ねないで!?　お前はいつでも俺のマイベストフレンドだから！　それになんてったってバッテリーだしな！」

「うざい暑い」

抱き付こうとする節を引き剥がす素っ気ない男——憎き保城臨は、どうやら今まで、節のお世話係のような役を担っていたらしい。「入学した時からなんでかあの二人、タイプ全然違うのにすんごい仲良いのよ」と、教室へ向かう途中で筑波さんが教えてくれた。いや、というかその前に今後、私が代わりに節のお世話係になるのは嫌なのだけど。

「つか、臨パパと珠杏ママの二人体制で良いんじゃない？」

「たしかに」

「え、絶っ対に嫌です」

クラスメイトからの提案を容赦なく思い切り否定してしまった。やばい、とそこで思っても既に遅い。

「こっちのセリフだわ」

訪れた沈黙と集まる視線に冷や汗が流れると、こちらを見向くことさえなく、私の隣の席の男から冷淡に言葉が吐き出された。何故私は、よりにもよってこいつの隣の席なんだろう。名前の順で決められてるらしいけれど、先行きがあまりに不安だ。

「もうちょっと愛想良く出来ないですか？」

「何のために？」

「……円滑《えんかつ》な高校生活を送るためにですが？」

「そういうの間に合ってるんで」

「マニアッテルンデ!?」

「うるさ、声でけえ。節かよお前」

「節と一緒にすんな……！　声の大きさだけでそんな失礼な判断するのどうかと思う」

「めんど」

「間に合ってる」とか、まるで私が変な勧誘でもしているかの如く、怠《だる》そうな顔でスルーしてくる男にまた沸々と怒りが湧いてくる。

「おーい珠杏チャン、君も相当俺に対して失礼だよ？　俺の美声を馬鹿にするんじゃない」

「……でも、節って音痴だよね」

「こら!?　それは今関係ないデショ？　そもそも歌ってのは、上手い下手じゃなくて魂がこもってるかどうかだからな。……でも珠杏がそこまで言うなら分かりました。それでは聴いてください。多賀谷節、デビューシングル『ホームラン節《ぶし》』です。ちなみに自分の名前、節とかけたタイトル。天才かもしれない」

「一言も聴きたいって言ってないし、歌わなくて良いから」

「がーん」

節が突然リサイタルを開催させようとしているのを、思わずいつも通りのテンションで止めた。

「宮脇さんは、やっぱりツッコミ系なんだ？」

「流石、切れ味が良いな」

そんな私と節の言い争いを見ていたクラスメイト達からの冷静な感想が聞こえてきて、そこで漸く「しまった」と思っても遅い。

「そうそう、だから言ったじゃん！　珠杏は絶対ボケよりツッコミなのよ」

呑気にニコニコと、余計な補足をしてくる節をこっそり睨みつけても全く気にしていない様子だ。うんうんと頷いて同意する周囲からの視線が恥ずかしい。

「でも話しやすそうでよかった」

「これからよろしくねえ」

「あ、節のお世話もよろしくね」

「嗚呼《ああ》、もっと大人しく過ごしていくつもりだったのに」と今更後悔する私に、次々とみんなから貰《もら》った言葉は予想外だった。驚いて目をまじろぐと、節がしゃがみ込んで私の机に顎を乗せつつ、嬉しそうに白い歯を見せて笑っている。

〝六組はまじで良い奴しか居ないから〟

おバカな幼馴染が言ってくれた言葉を思い出せば、今は全くそんな流れじゃないのに急に瞼《まぶた》が熱い。今朝、節と登校する時に緊張でガチガチに強張っていた身体から力が抜けていく。

「……よろしくお願いします。でも、節のお世話は嫌です」

泣きそうなのを誤魔化すことに注力し過ぎた所為で、声が震えた。それでも最後に否定を絞り出すと、またみんなに「全然ブレないじゃん」と笑われた。

なんとなく視線を感じて隣を見やると、頬杖をついた男が、それはもう憎たらしく片方の口端を上げている。私のキャラづくり計画が初日にしてもろくも崩れ去ろうとしているのは、この腹立たしい男の所為もだいぶ大きい。だけど「おしとやかで慎ましい」偽りの自分ではなくて、少しだけ素を出せる環境に、皮肉にも安堵しているのも事実だ。

節、こいつも本当に、〝良い奴〟なの？

胸の内で問いかけたら、なんだか落ち着かなくなってしまった。そして保城からの視線は、私が先に逸らした。

——いつも騒がしい幼馴染が連れてきてくれた場所で三ヶ月遅れて始まった高校生活は、最初から予想出来ないことだらけで。全くもって、出だしから計画を壊されてしまった。

「え、風邪？」

〝うん。鼻がずっびずびなんです。これで分かった？　珠杏ちゃん〟

「なにが」

〝バカでも風邪は、全然引くんですよね〟

「バカなんだから、さっさと寝なよ」

〝幼馴染が冷たいッッ！　つか、今日月曜だから分かってる？〟

「……なにが」

〝ちゃんとジャンプの最新号、教えたコンビニで読んでから行け!?〟

「バカなの？　というか節居ないなら、今日はいつもと違う道を使ってみようかな」

〝おいこら待ておバカ、何を愚かな！〟

「節にだけはバカって言われたくない。放課後差し入れ持ってくから、ちゃんと大人しく寝てなね」

〝ありがとう!?　でもちょっと待て珠杏……！〟

何故か慌てた声を出す男との通話を容赦なく切る。この男、どれだけ漫画を私に読ませたいんだと思うと朝から少しだけ笑えてしまった。

——私の高校生活は、無事に二週間目を迎えた。

「うわ、本当にギリギリかも」

幼馴染からの連絡を受けて、一人で横須賀線に揺られて約五十分。いつも節が隣でずっと話しかけてくるから、今日はやけに電車に乗っている時間が長く感じられてしまった。

　スマホをバッグにしまいながら衣笠駅を出る。駅舎を背に、バスターミナルを挟んで真正面に見えるベージュの建物、かながわ信用金庫はまるで駅前のシンボルのようによく目立つ。その壁面に取り付けられている大きな時計が差し示す時刻から、始業まであまり余裕が無いことを知る。節と一緒に通学していると、有無を言わせずあの男が初日に紹介してきた「スペシャル通学路」を選択させられる。回り道な分、勿論予鈴ギリギリになって、委員長の筑波さんに怒られるという流れが出来始めている。

「あ、宮脇さんだ！　おっはよ～」

「ほんとだ、おはよー。あれ、節は？　いつも一緒に来てるんじゃなかったっけ？」

　視線を左の方へ動かすと、聞こえてきた明るい声が同じ六組のクラスメイトである、女子二人のものだと分かった。自転車通学の彼女達は、丁度駅舎の中にあるコンビニに立ち寄ったところだったらしい。

「お、おはよう……ございます。節は今日、風邪で休みで」

　彼女達の軽やかな朝の挨拶に反して、私の返事はあまりに硬く、ぎこちなさが目立った。

「え。節って風邪引くんだ」

「宮脇さん達って地元横浜って言ってたから、電車通だよね？　じゃあ今から学校まで歩くの？　予鈴まあギリじゃない？」

「確かに。後ろ乗ってく？」

スマホで時刻を確認した二人が、停めていた自転車に跨りながら態々《わざわざ》提案してくれたことに咄嗟に返事が出来なかった。

『え、珠杏って〝そう〟なの？』

『なんか一緒にいるの怖いね』

同時に、頭の中でずっとこびりついたままの言葉が重く響くと、足がすくむ。動揺を押し込めるために、ごくりと喉を上下させた。

「……宮脇さん？」

「あ、ご、ごめんなさい。でも大丈夫です、ありがとうございます。走って行きます」

「え、走るには結構距離あるよ？」

「たまに競歩も挟んでペース配分を調節します」

「なにそれ、想像したら面白いな」

「ちょっと観察したい」

「いやいや、やめてください。大丈夫なので、私のことはお気になさらず……！」

「遅刻して、うちの委員長に怒られないようにね」と最後まで優しい言葉をかけてくれた二人が再び離れていくと、貼り付けた笑顔がぽろぽろと脆《もろ》くあっという間に剥がれ落ちる。

例えば「ありがとう」とお礼を告げて、彼女達の優しさに甘えたらどうなるだろう。今よりもっと打ち解けて、お互いのことをもっと知って。——いつか〝また〟、私は選択を間違えてしまうかもしれない。

たったの二週間を過ごしただけでも、クラスのみんなの温かさは実感出来た。でも、だからこそ周囲と一定の距離を保つことをいつも意識している。そうすれば優しい彼らに迷惑をかけることも無く、私だって、平穏に学校生活を送ることが出来る。「これが正しい」と自分に言い聞かせながら、仲睦《なかむつ》まじく自転車を漕ぐ彼女達の姿から目を逸らすように再び駅の真正面にある、大きな時計に視線を流す。

「うわ、本当に急がないと！」

今日はやっぱり、少しでも時間短縮のために、いつもの回り道じゃなくて、みんなが通っている「正規ルート」で学校まで行ってみよう。そう決めて、同じ制服の生徒達がごく自然に選択する商店街の方へ向かって私も歩き出そうとした。

「——っ!?」

が、と後ろから思い切り頭を掴まれて驚きに息が詰まる。声も出せずにただ背後を確認すると、精悍な顔立ちを惜しげもなく晒す男が、器用に自転車に跨ったまま私を睨み付けていた。スピードを出して漕いでいたのか、首筋に滲む汗を白シャツの襟で煩《わずら》わしそうに雑に拭《ぬぐ》い取った。

「な、なんなの……！」

「馬鹿女」

「ハ？」

「お前は言われたことも守れねえのかよ」

絶賛不機嫌です、と言わんばかりの低い声でこちらの行手を阻《はば》んだ男が大きな舌打ちを落とす。

「……えっと保城君。どういう意味ですか？」

何故朝からこの憎き男に馬鹿呼ばわりされなければならないのかと怒りに震えながらも、頑張って大人の対応をしてみる。笑顔で問いかけると、男の整った顔が遠慮なく歪《ゆが》む。いつもと違う私の反応に「きもい」と分かりやすく顔に書いてあってぶん殴りたくなってきたけれど、それも「私は大人なので」と何とか堪える。

「節に教えてもらった通学路、まだ覚えられねえのかよお前は。そっちじゃなくて左に曲がんだよ」

「いや、あれは通学路っていうか、あの男独自の相当な遠回りコースですよね。普通みんな駅出たら右に曲がって商店街沿いの大通りに向かうと思うのですが」

「馬鹿は話にならねえわ」

「ハア？」

この男、どうしてこんなに腹立たしいのだろう。涼しげな仏頂面にパンチを食らわせたい気持ちが止められなくてこっそり拳に力を込める。

「そんな言うなら、行けば」

「え？」

「いつもと違う通学路で行ってみろよ馬鹿」

「言われなくてもそうしますけど!?」

な、何が言いたかったんだこの男……！

朝の貴重な時間を無駄にして最悪だ。睨みながら吐き捨てて、「あと馬鹿って言うな！」とそこだけはきちんと付け足してから、勢いよく男が居るのとは真逆の方向に走り出した。

なんであれが、節の親友なのか本当に全く分からない。おバカで呑気な幼馴染と、憎き保城臨が結びつかなすぎる。怒りをぶつけるように一歩一歩いつもと違う道を踏み締めていた時だった。

「……え」

そうしてもうすぐで賑やかなアーケード商店街の中へ辿り着くという直前で、身体全身が冷たい何かに覆われるような感覚が襲う。今までの勢いを削《そ》がれて、歩みが簡単に止まった。肌が粟立《あわだ》って、体温が一瞬で奪われていく。

――あ、この感じ、まずい。

それを実感すると、がくがくとみっともなく足が震え出した。そんな私の違和感を察することなく、同じ制服に身を包む生徒達が、横を次々と楽しげに通り過ぎていく。でも彼らの笑い声も、どんどん遠くなる。代わりに悲しげな音が何重にも重なるように強く鼓膜《こまく》を叩いた。恐る恐る顔を上げれば、目の前を占領する無数の〝姿〟に、完全に歩みは止まった。ただ身体を硬直させる。視界に映る数々の姿の中には、私と同い年くらいの青年が居た。戦争をテーマにしたドラマや映画でしか見たことのないカーキ色の古びた作業着姿で悲し気な表情を浮かべて立っている。その後ろに立つもんぺ姿に防空頭巾を被った肌の青白さが目立つ女性もじっと唇を一文字に結んで、寂しさに満ちた瞳でこちらをじっと見つめている。隣に蹲《うずくま》る、お腹の皮膚が見えてしまうくらいに酷《ひど》い毛並みをした痩せ細った犬の鳴き声は、誰かを責め立てるような悲鳴に近い。他にも、この目で確認出来てしまう無数の姿の全てが、「苦しい」とか「辛い」とか、直情的な叫びを放ち続けている。誰にとっても、ただの通学路である筈の道が、全く別の空間になってしまったようだった。突然のことに、思わずその場で立ち止まって凝視してしまう。その瞬間、目の前の彼らがざわついたのが分かった。

〝この子、もしかして私達のことが分かるの!?〟

〝お願い、どうか少しで良いから話を聞いてくれない？〟

差し迫った声の数々と共に、あっという間に〝彼ら〟に距離を詰められる。こちらへ縋《すが》りつくような眼差しがいくつも自分に集中する。「しまった」とそこで思っても、もう遅い。

どうしよう、どうしよう。だって、助けや救いを求める彼らに、出来ることなんて。

『私がみんなと遊びたいなんて言ったからだよね。ごめんね』

『珠杏ちゃん、何、言ってるの……？』

――私が出来ることなんて、何一つ無いのに。

過去に受け取った言葉が鮮明に脳内で再生されたのと同時に、無力な自分への絶望が深く刻み込まれる。急激に喉が絞まって、酸素を上手く取り込めなくなる。肩を上下させて、は、は、と短く下手な呼吸を何度も繰り返す。

〝ねえ、貴女《あなた》。聞こえてる？　大丈夫!?〟

「……ごめ、なさ……」

両手で胸を押さえて「落ち着け」と自分に何度も信号を送るのに、苦しさは全く消えない。

〝私達、こうして話が出来る人に出会うの久しぶりなの。みんな、色んなことがあって此処を離れられなくて〟

〝俺は、もうずっと妻や息子がどこに居るのか分からないままで心配で……！〟

〝お母さんに会いたいよお〟

彼らの悲しさや切なさが滲む言葉を聞くたびに、何十年もの想いの深さを思い知るように心にずしんと重さが増して、一層息苦しさも募《つの》る。

それが分かっても、私にはきっと、どうしようもない。絶対に何も出来ない。ごめんなさい。役立たずで、本当に、ごめんなさい。心で情けない謝罪を繰り返すたびに、視界が曇っていく。

今すぐこの場から逃げ出してしまいたいのに、弱い自分に打ちひしがれたのか、金縛りにあったかのように身体が思い通りに動かない。

苦しい。怖い。誰か。――誰か。

「た、すけて……」

今にも千切れてしまいそうな声で途切れ途切れに言葉を絞り出す。ぎゅ、と目を閉じて全てを遮断するようにその場に蹲ろうとした。

「――おい馬鹿」

ぶっきらぼうな声の主は、強く腕を引っ張り上げて私がしゃがみ込むのをすんでのところで阻止《そし》してきた。ふわりと香るシトラスを感じながら、恐る恐る顔を上げる。

「ほうしろ……？」

額に冷や汗が滲んで、紡ぎ出した男の名前も頼りなく揺れた。そんな私を凝視してくる男はやっぱり不機嫌そうで、「なんで此処に居るの」と言う前に、私の腕を今度は自分の腰元に誘導してくる。

「なに……!?」

身体のバランスが崩れて、奴の自転車の荷台に腰掛けるような姿勢が作られる。男はそのまま私が進もうとしていた方向とは逆の道へ勢いよくペダルを漕ぎ出した。

「ちょっと、あんたさっきから何なの……！」

「分かっただろ」

「はい!?」

「お前には、あの道を通れない」

びゅんびゅんと風を切って自転車を進ませる男が、前を見つめたまま冷静に言い放つ。目前の白いシャツがまるでレフ板のように朝の白く眩《まぶ》しい陽光を反射させる。勝手に光が集まって、きらきら輝く背中に思わず目を細めた。

「節に、聞いたの？」

「……何を」

「――私が、〝視える〟って」

声を震わせて伝えても、保城は特に返事をせず、変わらず自転車を漕ぎ続けている。でも私の言葉に驚くこともなくて、きっとそれは肯定の代わりなのだと知る。

きゅ、と男のシャツをバレないように小さく掴んだ。

――いつからなのかは、正確には分からない。だけど、他の人達が「視えなくて良いもの」が幼い頃から視えた。道端で、公園で、学校で、いろんな場所で。彼らは人や動物、生物としての輪郭をちゃんとはっきり保っていて、唯一違うのは実際に触れられないことくらいだった。今でこそ「この世に生きている物」との区別をきちんと付けられるようになったけれど、最初は、全く違和感を持たなかった。自分が望めば、彼らの声を聞いて会話をすることだって出来る。そのくらい自分の日常に溶け込んでいたのだ。だから視えることにも、「視える自分」にも、怖さを抱くことはさほど無かった。

彼らの大半が、この世に生きている者達の傍に存在していた。幼い子供が公園の遊具で遊ぶ姿を見つめる女性、杖をついて歩道をゆっくり散歩する女性を支えるように隣に立つ男性。親猫に甘えるようにすり寄る子猫の姿が視えたこともある。

『あの子がせめて小学校に上がるまでは、一緒に居てあげたかった。病気に勝てない、弱いお母さんで、ごめんね』

『僕らは子供が居なかったから。彼女はたった一人で、残りの人生を過ごしていかなければならない。それが心配でたまらない』

それぞれが、この世を離れられない未練を抱えているのだと知った。そして、悲しい表情を見せる彼らに何かしてあげたいなんて、随分と思い上がった自我が芽生え始めた。

視えることが普通では無いと気付けない幼さの所為で、言わなくて良いことを言ってしまった過去がある。四歳の頃、近所に住む友達が自然に集う公園で、いつも離れた場所から私達のことを見つめている同い歳くらいの女の子に出逢った。「一緒に遊ぶ友達が居なくて、寂しい」と悲しそうな瞳をした彼女を見て「私でも何か出来るかもしれない」と、瞬間的に思った。

『今日は、そこに居る子も仲間に入れて良い？』

でも、私が放った言葉は、周囲に不信感を抱かせるには充分過ぎた。口にした瞬間、友人達はみんな不思議そうに首を傾げて、そして大人達は、どこか戸惑っている様子だった。

『珠杏ちゃん。それって、誰の事？』

『あっちのブランコの傍に居る子だよ。未沙《みさ》ちゃんって言うんだって。赤チェックのスカートに、ピンクの靴の可愛い女の子！』

遊具を指さしながら元気よく答えると、友人のお母さんの一人の表情がみるみる青ざめた。

『なんで、未沙ちゃんのことを珠杏ちゃんが知ってるの……？』

色を失った唇を震わせて私に問いかけた彼女の視線は、幼いながらに自分が明らかに「間違えた」ことを突きつけられるものだった。

私が生まれる二年前、この公園の近所に住んでいた五歳の女の子は、重い心臓病を患《わずら》っていたと言う。入退院を繰り返す日々の末、難しい手術の最中に容態が急変して亡くなってしまったらしい。

『私、あの日。手術の前に、病院へ向かう未沙ちゃんに会ったの。今でも覚えてる。赤のチェックのスカートで、「手術が終わったらこれを履いて遊ぶんだ」って、嬉しそうに買ってもらったばかりのピンク色のスニーカーを見せてくれて……』

その少女——未沙ちゃんの姿と、私が答えた女の子の姿がぴったり一致していると分かった瞬間、その場に居た大人達は、慌てて我が子を私から引き離した。子供の言ったことだと軽く片付けられない、「視える」ことへの信憑性《しんぴょうせい》を、皮肉にも私は、自分自身で与えてしまったのだ。「珠杏ちゃんと遊ばない方がいい」なんて、私が友達の親御さんでも、そう言うかもしれない。自分達に確認の仕様が無いものについて口にする人間の得体の知れなさを遠ざけたくなる気持ちは、私にも分かる。怖いに決まっている。「私はおかしい」と漸くそこで自覚した。

『私がみんなと遊びたいなんて言ったからだよね。ごめんね』

一連の流れを見ていたのか、そう寂しそうに言って、静かに私の前から消えていった未沙ちゃんの姿に、自分が出来ることなんて何一つ無いのだと思い知った。

何も知らない、気付かないふりをすることが最善なのだ。そうすれば周囲を怖がらせることもない。〝彼ら〟に期待だけさせて傷つけてしまうことも無い。でも、そう痛いほど分かっていても「黙って全てを飲み込まなければならない」と自分を押し殺すことは、いつもどこか寂しくて、苦しかった。

『珠杏ー！　あーそーぼ！　かくれんぼしよ！』

『ふたりじゃ、出来ないよ』

『何を言う!?　珠杏いっぱい友達見えるだろ！　気になる奴は、どんどん誘え！』

『何言ってるの。そんなの居ないよ』

『はい嘘！　俺には分かります！　珠杏は嘘吐く時、ぜったい俺の目を見ないからな』

『……だって、私に視えても、節には視えないじゃん』

『ばっか、見えない敵とか燃えるだろ！　俺めっちゃオニ得意だから、全員でかかってこい！』

『でも全員誘ったら多分、十人くらい居るよ？』

『エ〜〜!?　みんなかくれんぼ大好きか!?』

だからこそ、そういう私を知っても何一つ接し方が変わらなかった、幼馴染の多賀谷節の存在はかけがえが無かった。今思えば、幽霊のことを「敵」とか言っちゃうあの男は、怖いもの知らず過ぎるけれど。でも確かに節は、かくれんぼのオニが得意らしい。だって私が奥底に隠そうとする「私」を、いつも容易《たやす》く見つけ出してしまう。見つけてくれる度に目にする明るく眩しい笑顔は、「珠杏のままで良いよ」と優しく伝えてくれているようだった。

自分の特殊な力を自覚してから暫くして、「視える」者の中にこちらへ恐怖を与えるような存在が居ることを知った。恐ろしい形相で近づいてきて、「死ね」とあまりにも直接的な言葉を投げられることもあった。

彼らに出会う時の共通点は、いつも人混みの中だった。人が多く集まる場所には当然、私が視えるものも増える。生きている者への未練を抱えて傍を離れようとしない〝この世の者では無い存在〟が多く集まるからだ。更に、一般的に「悪霊」と呼ばれる存在も増える。彼らは長い年月により、未練を晴らすことが出来ないまま対象者を失ったり、自我を忘れてしまったことで、「妬《ねた》み」や「恨み」などの負の感情に憑《と》りつかれながらこの世界を彷徨《さまよ》う。彼らは、私達、生きている者達を快く思わない。だからこそ、楽しくて賑やかな、幸せが集まる空間ほど多く現れて、悪意を増幅《ぞうふく》させる。持て余すほどの大きな悪意の捌《は》け口のターゲットには、私のように「視える」力を持つ人間はとても好都合らしい。実際に身体を攻撃することは出来なくても、精神的な恐怖や苦痛を与えることが出来ると理解しているようだった。

「悪霊」との対峙《たいじ》による衝撃も大きかったのか、何かが視えると、より敏感に反応してしまい、自分の心に負荷をかけ過ぎて、体調に異変が生じることが増えた。でも、そんな厄介な私のことを、両親はいつも守ろうとしてくれた。夜遅くまで本やネットで私の力のことを調べては、除霊が出来ると有名なお寺やヒーリング効果のあるパワースポット、家から数時間かかる場所まで連れて行ってくれたこともある。

「視える」力が消えることは無かったけれど、その過程で、私は所謂《いわゆる》「憑依体質《ひょういたいしつ》」と呼ばれるものでは無いと分かった。つまり、いくら攻撃的な存在が居ても、自分の身体を乗っ取られてしまうことは無い。とにかく視えることを悟られなければ、霊達の標的にされることは無い。それを知ってからは、何がこの目に映ったとしても、無反応で居ることを心がけた。決して目を合わせない、たとえ話しかけられても口をきいたりしない。

勿論、ただ純粋に「悩みを聞いて欲しい」と声をかけてきたり、陽気にちょっかいをかけてくるような、ただ「未練」を抱えてこの世界に存在する幽霊も居たけれど、絶対に視線を合わせることも、反応を示すこともしなかった。どこか寂しそうに私の前から居なくなる彼らに、心が痛むことは沢山あった。でも、私はこの方法を貫くことに決めた。

『珠杏、あのな。お父さんは今度の休みに、お母さんと珠杏と、三人で遊園地に行ってはしゃぎたい。珠杏も前にテレビでやってた観覧車乗りたいって言ってただろ?』

『……遊園地……』

『うん。でも、人が多い場所はまた珠杏が怖い思いをする可能性が増えるかもしれない。だから行きたくなければ無理はしなくて良いよ。代わりに家でいっぱい遊ぼう』

『ううん。わたしも、観覧車、乗ってみたい』

『そっか、じゃあちょっと頑張って行ってみようか。お母さんも、お弁当作り頑張るね。しんどくなったらすぐに帰ろうね』

『よし! お父さんも週末まで、仕事頑張ろ~』

霊感なんてものと縁遠い生活を送ってきた両親からしたら、子供が持ってしまった能力に相当戸惑ったに違いない。でも、決して私から目を逸らしたりせず、いつも向き合おうとしてくれた。

優しい幼馴染や、優しい両親の存在の大きさを実感する度に、自分の行動は正しいと言い聞かせた。私が間違えた行動を取れば、大事なこの人達も同じように厳しい周囲からの視線に晒されることになるのだと、心に刻みつけた。


小学校に入学してからも、同じクラスになった節以外の人に私が「視える」ことは隠すことに決めていた。でも、四歳の時の公園での「未沙ちゃん」の一件が、綺麗さっぱり風化したわけでは無い。

『……珠杏ちゃんとは遊ぶなって、お母さんが言うの』

あの時一緒に居た友人の言葉は、本人の意志というよりも、きっと親御さんからキツく言われているのだろうと分かるものだった。だからこそ、何も反論が出来なかった。

『なーにーをくだらないこと言ってんだぁ！　遊ぶのは母ちゃんじゃなくてお前だろ！　そもそもだるまさんが転んだは、八人でやるって決まってるから珠杏居ないと出来ませーん』

『節君、何言ってるの、そんな決まりないよ』

『ありますけど!?　この間テレビで観たし』

『なんのテレビ？』

『な、なんか、朝やってたやつだし。良いから行くぞ、ほら珠杏も！　早くしないと昼休みが終わる!!』

いつだって明るく元気な幼馴染は、時に強引な嘘も交えながら、私がクラスの輪からはぐれないように、いつも手を繋いでくれた。学校なんて、年月の分だけ色んな人の想いが詰まっていて、目にするものの数は多かったけれど、節に甘えてばかりはいられない。頑張らなきゃ。その一心で、なんとか彼らとは目を合わせず、「普通に」振る舞うことを少しずつ習得していった。

だけど小三の時、とあるきっかけから、今まで一部の噂程度に収まっていた私の「視える」力のことが、周囲に拡散されてしまった。そして私は当然、学校で浮いた存在になった。そのまま地元の中学へは行かず、受験をして誰一人知り合いの居ない東京の学校まで通うことを決意した。私の願いを否定することなく受け入れてくれた両親のためにも、小学校時代にいつも私を助けてくれた節に心配をかけないためにも、今度こそ失敗なんて絶対に許されない。上手く立ち振るまわなければと心に誓った。

——誓った筈なのに。

『ルークはね、私が生まれたのと同じタイミングで家に来たの。だからアルバムの写真とか大体私の隣に居るし、何なら私よりいっつもカメラ目線のキメ顔』

中学で一番仲の良かったアキちゃんは、よく愛犬のポメラニアン、ルークの話をしてくれた。携帯の待受でもある可愛いルークのことが、本当に大好きなのだと分かった。だから中学三年生の冬、卒業を目前に控えたタイミングでルークが死んでしまった時、彼女は心に大きな傷を負っていた。授業中や休み時間、帰り道。学校生活のふとした瞬間に、突然感情のメーターが振り切れたようにぽろぽろと涙を流すアキちゃんを見ているのは凄く辛かった。

『また泣いちゃって、ごめんね珠杏ちゃん。まだルークが居ないの慣れなくて、ダメみたい。こんなんじゃルークも天国で安心出来ないよね』

慌てたようにハンカチで目元を拭う彼女の足下へ視線をずらす。どれほど視えていても知らないふりをしてきた存在、――ふわふわの尻尾を振りながらアキちゃんに頬擦《ほおず》りをするルークを視界に収めた瞬間。

『……アキちゃん。ルークは未だ、天国には行けてないよ』

考えるより先に、もどかしさを堪えきれずそんな言葉が自分の口から飛び出していた。

『……どういう意味？　なんで、そんな酷いこと言うの』

『あ……ち、違う。そうじゃなくて』

『違うって何が？　じゃあルークは、どこに居るの？』

私の発言にみるみる表情を歪めたアキちゃんの瞳が、悲しさと怒りの狭間《はざま》で揺れ動いた。

「誤解させた」と瞬時に理解出来た私は、焦りから直ぐに「なんでもない」と否定しようとした。でも同時に、心の奥の片隅で何重にも鍵をかけて閉めた筈の箱の扉が静かに開く音がした。

——もしかしたら、アキちゃんにならない。

抱いた期待と共に、握った拳に痛いくらい力が籠《こも》るのが分かる。深呼吸を挟んで、恐る恐る口を開いた。

『ルークはね、アキちゃんの傍に、ずっと居るよ』

『え……？』

『きっと、アキちゃんのことが心配なんだと思う。私には、ちゃんと視えるの。い、今もね、実はアキちゃんのすぐ足下に』

『待って、珠杏ちゃん！』

早口で説明しながら彼女の足下を指差した私を、アキちゃんが大きな声で制した。伝えることに必死で、彼女の表情を確認することを失念してしまっていた。そこでハッとして顔を上げれば、アキちゃんの涙は、とっくに引っ込んでいる。代わりに、彼女が不安と恐怖を孕んだ眼差しでこちらを突き刺したのが分かった。

『珠杏ちゃん、何、言ってるの……？』

アキちゃんには、私が見たかった筈の笑顔は無かった。——馬鹿な私はまた、やり方を間違えた。そこで漸く自覚する私は、やっぱり学習能力が無い。どくどくと嫌な刻み方をする心臓を抱えて、冷や汗が止まらなくなった。

受け入れてもらえるわけが無いのに。どうして私はまた、期待してしまったのだろう。分かりきっていた筈の結果に、心が悲鳴を上げるように軋《きし》む音が木霊していた。


『え、珠杏って〝そう〟なの？』

『アキの死んじゃったワンコが見えるとか、急に言い出したらしいよ』

『コッワ〜〜!!　オカルト女子ってやつ？　中二病拗《こじ》らせてんのかな』

『……分かんない。でも「ルークは天国に行けてない、まだ、私の足下に居る」って』

『何それ。除霊した方が良いとか言って、そのうち怪しい場所に連れていかれそう』

『え、一緒に居るの怖いね』

『流石に気味悪くない？　アキもさ、上手く離れた方が良いよ。珠杏と同類だって思われても良いの？』


放課後、教室に集まるアキちゃんを含めた女子達の会話に「違う」と割って入っていく勇気は、とっくに無かった。瞬く間に広まった噂は、私一人では止めようが無かった。クラスの女子達からは明らかに距離を置かれて、その中には気まずそうに私から目を逸らすアキちゃんの姿もあった。中学受験組は、普通なら高校もそのままみんなエスカレーター式で進学出来る。でも、その場所に足を踏み入れることは、もはや地獄のように思えた。

四月になって、高校一年生の新学期が始まっても、私は結局外に出ることが出来なかった。立派な引きこもり生活になってしまった。それでも決して学校へ行くことを無理強い《むりじ》しない両親に罪悪感ばかりが募る。中学受験は、これ以上心配をかけたくなくて私が願い出たことなのに、結局何一つ上手く出来なかった。布団を頭まで被って、朝日を遠ざけるようにベッドの上で蹲る情けないこんな自分、このまま消えてしまった方が良いかもしれない。

『お寝坊珠杏ちゃ〜〜ん！　今日はとっても爽やかな朝ですよ!!』

私を覆い尽くすほどの負の感情を吹き飛ばす元気な声が、突然ドアの方から届く。部屋に遠慮なく入ってくる人物なんて、ごく僅かで限られている。声だけで、それが誰かは直ぐ分かった。

『すーず』

『……節、わたし、やらかした』

今度はもっと近くで名前を呼ばれて、布団を被ったまま呟く。いつもうるさい幼馴染が

「へえ、俺ならまだしも珠杏は珍しいじゃん」と軽く笑いながら、近づいてくる気配が伝わった。

『やっぱり私は、傲慢《ごうまん》だった。今度こそ、この力を使って、アキちゃんとルークを救うんだって。良いことしてるみたいな、そういう気持ちも、多分あったの。アキちゃんに感謝されるかもって、ちょっと思ってた。そんなわけ、無いのにね』

『……珠杏あのさ』

『なに？』

『〝ゴーマン〟ってなに？　お前難しい言葉使うのやめて』

『節は、相変わらずバカだね』

『それほどでもねーよ』

『褒めてないよ』

けたけたと笑う声に誘われるように、少しだけ布団から顔を出す。目が合った幼馴染は、嬉しそうに無垢《むく》な瞳を細めた。

『珠杏。お前、俺の高校来れば』

『……え？』

『そりゃあお前が行く筈だった東京の高校よりは綺麗じゃないし、田舎だけどさ。ちょっと遅れて入学でも、流石私立高校、編入試験の融通《ゆうずう》とか利きそう。もしクラスも一緒になったら、めっちゃ楽しいぞ絶対』

楽しそうに提案してくる節に言葉が出ない。ただ瞬きを繰り返せば、節はニッと八重歯を見せた。

『節と同じクラスは、うるさそうだし、嫌だよ』

『はいはい、照れるなって』

じわじわと涙が込み上げて、慌てて強がったってこの男には効かない。両方の瞼をパジャマの袖口で拭う。

『大体お前ね、水臭いよ？　勝手に何も言わず中学受験してるし。地元の奴らに良い思い出が無くて離れたかったのも分かるけど』

『それは……』

『あ。でも、うちの高校も横浜からは割と距離あってさ。中学までの同級生は俺以外居ないから、そこは安心したまえよ』

ふふんと鼻を鳴らして、何故か胸を張る節にごく自然な疑問が湧き上がる。

『節はどうして、態々そんな遠い高校選んだの？』

『んー、そうだなあ。野球部が強いって有名で、見学行った時の雰囲気が良さそうだったから？』

『……野球、好きだもんね』

小学校の頃からリトルリーグに所属して、放課後は野球漬けの日々を送っていた小さな節の姿を思い出す。変わらず高校まで続けて、好きなものに一直線に向かえる男があまりにも眩しく見えた。でも正直に「格好良いね」と呟いた途端、節は喜ぶどころかどこか複雑そうな表情と共に眉をひそめる。そして自分の髪をがしがしと乱して、しゃがみこむ姿勢から、胡坐《あぐら》をかいてその場に腰を据え、私と真っ直ぐ視線を合わせた。

『お前の方が、かっこいいよ？』

『……え？』

『中学の時さ。自分を知ってる人が誰も居ない場所に、たった一人で飛び込んだ珠杏のこと、凄いなってずっと思ってた。勇気が要っただろうな、……すげー怖かっただろうなあって』

思いもよらない節からの告白に、上手く反応が出来ない。

『だからちょっと迷ったけど。俺も、珠杏を見習ってこの高校で頑張ってみようって』

柔らかく部屋に木霊する節の声を聞きながら、こみ上げるものを堪えるように、ぎゅうと布団を握りしめた。

『どういう世界なのかなって、俺も見てみたかったのかも。入学した時、柄にもなくめっちゃ緊張したわ。当たり前だけどクラスどころか、学年に見知った顔一つもねーんだもん。自己紹介なんか、もう心臓バクバクよ？　とりあえずギャグかましたけど、面白いくらい滑《すべ》ったしな』

『……最初の自己紹介で、ギャグを仕掛ける節にびっくりしてる』

『それはそう。……だからさ、とにかく、中一の時の珠杏は、まじで偉すぎるぞ』

「頑張ったなあ」といつもの笑顔と共に労《ねぎら》いながら私の髪を撫でる節の手は、凄く温かい。

首をふるふると横に振って「そんなんじゃないよ」と呟いた声が揺れた。

『ん？』

『……私が中学受験したのは、そんな、格好良いものじゃないの。地元のみんなからっていうより、節から離れるためが、大きかった』

『エ、エエ〜〜!? 衝撃的かつ、ダメージでか〜〜!? 俺は珠杏ちゃんに嫌われてたんか!?』

がーんと効果音が聞こえてきそうなほどショックを受けて静止している男の見当違いな反応を笑いたいのに、上手く笑顔が出ない。代わりに涙で視界が一層濡れる。

『だって節、私が居ると、いつも助けてくれて。どうしても、気にかけるでしょ……? もう解放してあげたかった。あとは、私がいつか節に愛想尽かされるの、怖かった』

事情を知る節は、昔からいつも、あらゆる場面で助けてくれた。例えば、小学四年生の時の林間学校のメインイベントでもある「肝試し」は、当然だけど視えるものもうんと増えた。なんとか知らないフリをしようとしても、この賑わいを良く思わない攻撃的な幽霊の数の多さに、私はとうとう途中で体調を崩してしまった。お祭りや楽しいことが大好きな節はきっと肝試しに参加したかった筈なのに、私をつきっきりで看病してくれた。既に周囲に「視える」ことから遠巻きにされていた私と一緒に居ることさえ、悪目立ちしてしまう材料だったに違いないのに、そんなことは気にも留めず、ずっと一緒に居てくれた。嬉しくて、心強くて、――同じくらい申し訳無くて。「大切な幼馴染にいつか見放されてしまうこと」の恐怖を、幼心に感じていた。

『いやいや、俺ホラーとか怖いの無理なんで。あの肝試しも珠杏の付き添いのフリして逃げただけだし』

『……ホラー苦手な人が、幽霊とかくれんぼしようとか言わないよ』

『珠杏ちゃん、正論やめて？』

　上手く誤魔化しの言葉が思いつかなくなったのか、幼馴染は苦い顔で頬を掻く。それに漸く少しだけ微笑むと、目が合った節がくしゃりとまた私の髪を乱した。

『珠杏さあ、ボクはこれからも変わらずおバカな自信がありますけど。お前は、そういう俺に愛想尽かす可能性、ある？』

『……絶対、無いよ』

　窺《うかが》うような視線を向ける男に、深く考える前に自分の気持ちは滑り落ちた。安堵して肩の力を抜いた節が、にっとはにかんで左の八重歯を見せた。

『うん、俺もそうだよ。だからさ、そんな寂しいこと言うな。それに俺だってお前に助けられてること沢山あんだよ。小三の時、身体が小さい俺を虐《いじ》めてくる奴らに代わりに怒ってくれたことあったろ。俺は感動したね』

『……お、怒ったというか、脅したというか』

『たしかに。「亡くなったお前のお爺ちゃんの正三《しょうぞう》さんが直ぐ側でお前の愚かな行いを見て怒っていらっしゃる」とか真面目なトーンで言われたら、普通にこえーわ』

『そうだよね』

ずっと隠していくつもりだったのに、節が運動場で体の大きな男子に理不尽に叩かれている姿を見て、居ても立っても居られなかった。「何とか助けないと」と思った結果、つい口を出た発言だったが、私はそれ以降、周囲から浮いた存在になった。でも、節を守れたことだけは後悔していない。ふと思わず昔を思い出して少し空気を揺らすと、ビー玉のように透き通る丸っこい瞳が私を真っ直ぐ射貫《いぬ》く。

『……あれがきっかけでお前、小学校で噂されること増えたし。ごめんな』

どうやら私の幼馴染も、私に対して負い目があったらしい。「もうそんなこと忘れたよ」と今度こそちゃんと笑えば、節は眉を八の字にしたまま微笑んだ。

『お父さん、お母さん。行ってみたい高校が、あるの。いつも我儘《わがまま》言って、そのくせに失敗して、迷惑ばっかりかけて本当にごめんなさい。今度こそ上手く、やるから……』

節の提案を聞いて、漸く自分から部屋を出た私は、リビングに居る両親に震える声で伝えた。パジャマ姿のままの私の発言をじっと黙って聞いている二人がどう思っているか、確かめるのが怖い。もう、とっくに呆れられているかもしれない。俯《うつむ》いて足下に視線を落としながら「もう一回だけ、チャンスをください」と振り絞ると、涙がフローリングに次々と落ちた。

『……珠杏』

　パジャマの袖口でごしごしと何度も目元を拭う私を包む温かさは、両親が抱きしめてくれたからだと気付いて、もっと涙の量が増える。

『馬鹿ね、珠杏。何回失敗してもそんなの、全然良いの』

『そうだよ。辛いことを経験しても、それでもまた踏み出そうとする珠杏が、大好きだよ。それを絶対に忘れないで』

　痛いほどの力で私を強く抱き締める二人の声も震えているのが分かって、堰《せき》を切ったように涙が溢れ出した。「一緒にもうちょっと頑張ってみようか」と、昔、遊園地に誘ってくれた時と同じ、柔らかな提案だった。私の存在を一度たりとも否定したりしない両親に、今度こそ、絶対に心配をかけたくない。

『節君が、高校のパンフレット置いていってくれたよ。制服も可愛いし、クラス替えが三年間無くてみんな凄く仲良くなれるんだって。素敵だね』

『一年生の秋には早速、校外学習があるらしいぞ。行事も楽しそうだなあ』

　ウキウキと話してくれるお父さんやお母さんに笑って頷く。――でも、楽しさなんて感じられなくても良い。そんな贅沢《ぜいたく》はもう望まない。平穏に何とか新しい高校での三年間を過ごしきるのだと、自分に言い聞かせた。

——そうして始まった高校生活。おバカで優しい幼馴染は、登校初日、私に何故か回り道の通学路を授けた。おかげで遅刻する羽目になって、目立たないように静かに高校生活を送るという当初の計画をぶっ壊した節に、私は、ただ怒るばかりで。

今まで、通学の途中で幽霊の存在が視界の端に視えることはあっても、自分で決めた通り、気付かないふりを貫いてきた。あの通学路のように、切なくて寂しくて苦しい、胸が締め付けられる想いの数々に一気に遭遇《そうぐう》したことは初めてだった。自分の無力さを痛感して思わず足を止めてしまうことになるような、そんな経験は、したことが無かった。だから、節が頑《かたく》なに回り道へ私を誘導する理由を、「視える」力に結び付けて考えようとしたことも、一度も無かった。

「あっちの通学路には、沢山、〝居る〟んだね」

みんなが何気なく通っているあの道へ、足を踏み入れた時のことを思い出す。日常生活を送る上で、異質な存在に気付かないふりや見過ごすふりをする術《すべ》は、幼い頃より格段に身についたと思う。それでも今日は、どうしても簡単に避けることが出来なかった。

「あの道のことは、有名なの？」

「普通の奴らは知らない」

「……そう、だよね」

私を後ろに乗せて自転車を漕ぎ続ける男の背中に問い掛ければ、無愛想だけど一応返事がくる。

「横須賀には、ベースがある」

「……ベース？」

「アメリカの海軍基地。横須賀の人間には大体、ベースで伝わる」

「そうなんだ」

保城からの突然の話題に戸惑いながら頷く。高校まで自転車通学をするこの男は、以前、前山先生が職員室で説明してくれた時は興味が無さそうにしていたけれど、やはり地元である横須賀のことに詳しいのだと今更ながら実感した。

「ベースは元々、戦争が終わるまでは日本の海軍工廠《かいぐんこうしょう》だった」

男からの説明を受けて、今まで歴史で勉強した記憶を辿る。でも、私の頭の引き出しでは、その単語が指し示すもののピンとくる答えが見つからない。すると「艦船とか兵器を製造する工場のこと」と、抑揚の無い声で補足をしてくれた。

「そういう場所は、攻撃の標的になって戦火が広がりやすい。実際、横須賀にも空襲の被害があった。犠牲者の中には当然、俺らと同年代も沢山居る。衣笠は工場に通う工員のための宿舎もあったし、工場専用の仮設駅も近かったらしいから、あの時代の〝想い〟も、自然に強く集まる場所かもな」

事実を冷静に語る言葉の全てが、強く心に刺さる。

確かに私がさっき視えた姿には、同い年くらい、はたまた私よりも幼い歳の姿も多かったように思えた。

日本には、たった数十年前に過酷な歴史が眠る。そして、この衣笠という土地にも、戦争の時代を必死に生き抜いた〝彼ら〟の足跡が色濃く残るらしい。

毎朝、レトロな駅舎を抜けて、商店街のある賑やかな大通りから高校へ向かう生徒達の中に、そんな過去に思いを馳《は》せる人はどれくらい居るのだろう。朝の英単語の小テストが憂鬱《ゆううつ》だとか、喧嘩《けんか》した友人とのスムーズな仲直りの方法が分からないとか、部活の先輩が怖いとか、好きな人と上手く話が出来ないとか。学校という場所で起こる目下の課題や悩みに立ち向かうことに、きっといつも必死だ。それらは、〝彼ら〟が生きていた世界とは全く違う。〝彼ら〟の苦しみを窺い知ることなんて、きっと出来ない。簡単に同調することだって憚《はばか》られる。

「さっき私が視えた姿の大半は、保城君の言う通り、元々は、この場所で必死に戦って、亡くなった人達だったと思う。『悲しい』って泣いてる人も居た。『寂しい』って、苦しそうに助けを求めてる人も居た気がする。……でも私は、ただ視えるだけで、何の力も無い。きっと何も、してあげられない。本当に昔から、何一つ上手く出来たことがなくて、いつも、役立たずなの」

あまりにも情けなくて、声はどんどん尻すぼみになった。速いスピードを保ってペダルを漕ぐ男にちゃんと聞こえたかさえ危うい。幼い頃から、この目に映してきた存在に、何も出来なかった無力な自分を思い出して視界が歪む。

「……だから、逃げてるみたいで申し訳無いけど。これからはちゃんと、こっちの回り道を大人しく使わせてもらうね」

努めて明るい声を出しながら、気付かれないように眦《まなじり》に浮かぶ涙をそっと拭う。何かを感じ取ったように、ずっと前を向いていた保城が急に肩越しに振り返ったりするから、驚いて肩に力が入る。保城は私を一瞥して、また進行方向へと目線を戻した。

「お前。例えば無理してあっちの道に行って、何をする気なんだよ」

「それは……ちょっと分からないけど。彼らの話を聞いてみたりとか……？」

「うわ、まじで全然役に立たなそう」

「う、うるさいな」

この目に視えた〝彼ら〟が、元々は何者だったのかいくら理解出来ても、先程あの道で起きた出来事を少し思い出すだけで、足が震える。毎日、〝彼ら〟に気付かないフリをして通ることの罪悪感や辛さは勿論、自分の苦しい過去も自《おの》ずとフラッシュバックしてしまうだろう。

「そもそも通学路のど真ん中で、今日みたいに立ち往生《おうじょう》されたら邪魔。大人しくしとけ馬鹿」

「もう分かったってば……！　どうせ私に出来ることなんか、何もありません」

態々追い打ちをかけてくる男に、やけになりながら言葉を返す。

「誰も、無いんだよ」

「え？」

前を向いたまま話す声は、どうしても私の耳には聞こえにくい。必死に右耳を男の身体へ寄せて聞き返した。

「必死に生きる以外、出来ることなんか誰も何も無い。『視える』とか『視えない』とか、そこは関係無いだろ。勝手に自分を特別視してウジウジ凹《へこ》んでんじゃねえよ」

「……あんた、もうちょっと言い方考えてくれる？」

彼らのことが、視えるのに。声が、聞こえるのに。

何も出来ない自分への無力さばかりをまた募らせていた中で、目の前の男は、私を全く特別扱いはしていないらしいと分かる。相変わらず腹立たしいけれど、同じ目線で伝えてくれる遠慮の無い言葉は、沈んだ心を上へと引っ張ってくれるようだった。

「今回、出来ることが無くても。他に出来ることをいつか探せたら、それで良いだろ」

そして端的に続けられたことは、ぶっきらぼうな声とは裏腹にどうしても労いに思えて、男のシャツを掴む手にまた力が籠った。

「で、出来ることって……？」

「そんなもん自分で見つけろ」

あっさり突き放してくれる様子は、すっかりいつもの保城だ。さっきの労いの言葉は幻聴だろうかと思いながらも、受け取った言葉を反芻《はんすう》すれば、少しだけ表情が緩んだ。

日々、圧倒的に上手くいかないことの方が多い。「視える」力で、やるせなさや不甲斐なさ、寂しさや悲しさばかりを経験してしまった今は、どうしても私に出来ることなんて見つかりそうには無いけれど。男のぶっきらぼうな言葉は、不思議と私に寄り添ってくれる。

「保城君」

「あ？」

「意外と、良いこと言うんだね」

「お前、振り落とすぞ」

「ごめんなさい冗談です。……そういえば節は、どうしてあの道のこと分かったのかな。霊感とか全く無い筈なんだけど」

「知るか、野生の勘だろ」

そんなバカな。でも怖いもの知らずなあの男を思い浮かべると、もはやそんな気もしてきてしまう。

「……お前が入学してくる前、あいつ必死だった」

「え？」

「遠回りでも、珠杏が楽しくなる通学路にしないとって、張り切ってた」

——嗚呼。それで、登校初日、回り道の途中にある魅力とやらを無理やり私に伝えてきていたのかと合点がいった。

『ちゃんとジャンプの最新号、教えたコンビニで読んでから行け!?』

今朝も、電話口でやけに必死だった理由が分かって、夏の風を切りながら口角がふと上がる。最初から正直に言えば良いのに、また私が気を遣うと思ったのだろうか。

「楽しい高校生活」なんて、私はもう期待していなかったのに。ただ無難にやり過ごしたいと最初から全てを諦《あきら》めている私の隣で、節は何一つ諦めていなかったのだと実感して瞼が熱く膨らむ。

「……節、バカだなあ」

泣きそうになるのを誤魔化すように呟いた。おバカで、凄く優しい。昔からずっと、そうだった。心に流れ込む温かさで、身体の強張りが少しずつ解けていく。

視線を流すと、広い背中は、変わらず自転車を漕いでいる。——結局、私を追いかけてきて、こうして高校まで乗せてくれるこの男のことは、よく掴めないままだ。

「……保城君」

「あ?」

「……保城君は、私のこと怖くないの」

そんな風に、態々確かめるような面倒なことを尋ねてしまったのは、どうしてだったのか。

「怖くない」

はっとして「なんでもない」と訂正しようとしたら、なんの迷いも無く短く伝えられて、暫くその背中を見つめてしまった。

「……怖くないけど、うるさいし面倒」

「またそれなの!?」

「ほらな、うるさい」

「誰の所為……!?　だ、大体、今日朝会った時だってあんな喧嘩売るような言い方じゃなくて」

「あーはいはい。めんどくせ」

「めんどくさくないわ！」

軽く流そうとする言葉に瞬時に反応して怒る。

だって、怒りで誤魔化さなければ、はっきり私のことを怖くないと否定してくれたことに、涙腺がもっと緩んで取り返しがつかなくなってしまいそうだった。

「というか保城君も、どうしてこっちの道使ってるの？　遠回りなのに。もしかして途中の自販機、当たりが出やすいから？」

「あのバカと一緒にすんな」

「じゃあなに」

む、と顔を顰《しか》めて問いかけると暫《しば》しの沈黙が生まれる。節が教えてくれたこの道の楽しさは、後は何があっただろう。

『途中のバス停では、近くの女子高の生徒を沢山拝める』

不意にその一つを思い出した。節に聞いた時は、バカじゃないのと一蹴したけど、もしかしてこの男も——？

「あのコンビニ、朝からホットスナックの在庫豊富だから。食べたいと思った時にちゃんと、買い食い出来る」

低い声のまま、今しがた通り過ぎたコンビニを指差して説明されたことに、ぽかんと口が開く。

「……え、それだけ？」

「は？　文句あんの」

ちら、と一瞬後ろを向いた保城は、不満げに私を睨んで、なんなら舌打ちまで付けて、再び前を向く。

なんだ、それ。

「あんた、朝から食い意地張り過ぎでしょ。節とくだらなさ変わんないわ」

「お前、まじで振り落とすぞ」

不機嫌そうに言って、保城がぐんと自転車のスピードを上げる。本当に振り落とされそうになって、慌てて目の前の男の腰元に自分の腕を回す。鼓動《こどう》のスピードも急に上昇したのは、きっと恐怖によるものだろうけど、なんとなくこの胸の高鳴りは、保城には知られてはいけない気がする。

男がこの道を使う理由は、「女子高生を拝むため」じゃなかった。それを確かめた瞬間、どうしてホッと安堵してしまったのか、自分の感情の筈なのに、よく分からないままだった。

二．その回り道と、寂しさの受容

「再来週の校外学習は、午前中は班ごとに選んだ市内の施設でワークして、午後は猿島《さるしま》に移動する流れです」

「いやいや前ちゃん、びっくりするほど地元じゃん!!　もっと遠出しようよ～～」

「遊園地が良かったんだけど」

「うるさいよ。しかもこれ遊びじゃないからね？　来年の修学旅行の予行演習を兼ねてるんだから、真剣に取り組むように」

六限目のＬＨＲ《ロングホームルーム》の時間。前山先生が校外学習の行程を発表すると、教室内には落胆の声が広がった。

「自然に触れ合えて良いでしょうが」

「そんなの別にいつも触れてるわ！　この高校の近くも緑いっぱいだわ！」

その大多数が横須賀市に在住しているクラスのみんなからすれば、今回の来訪地には聞き馴染みがあり過ぎるらしい。テンションが下がっていく教室内の様子を見つめていると、

〝ただ一人〟、丸っこい瞳をキラキラ輝かせている男に気付く。

「――え、島に行くの!?　みんなで船に乗って!?　何それ、めっちゃテンション上がる！」

「……ほら、多賀谷を見習ってくれる？　あんなに嬉しそうじゃん」

「そっか。節は地元が横浜だし、こっちの観光地とか珍しいのか」

「猿島、初めて行く!!　嬉しい!!　どうも俺がかの有名な、多賀谷・ルンルン・節です」

「……お前は、いっつも楽しそうでアホで良いな」

「〝アホ〟は要らなくない？」

節がクラスのみんなに揶揄《からか》われている会話を片耳に入れながら、先程配布されたパンフレットに視線を落とす。東京湾に浮かぶ無人島――猿島は、「東京湾最大の無人島」と称され、幕末の頃から軍事施設が設けられた主要防衛拠点でもあったらしい。砲台や弾薬庫など、要《よう》塞《さい》施設の貴重な史跡が残る一方、島内には海と山々の豊かな自然が広がって森林浴やレジャーを楽しむことが出来る。更にジブリの世界観にも通ずるところがあると取り上げられるようになってから、より観光地として活気づいているらしい。ただしアクセスは、衣笠駅から考えると、猿島行きの船が出る三笠《みかさ》ターミナルまで車で約二十分、そこから猿島まで船で約十～十五分。片道約三十分ほどで辿り着いてしまうという。確かに、横須賀市に住む人々からすれば、あまりに近場で、目新しさは感じられないのかもしれない。

ただ、節と同じく横浜在住の私は、この場所を訪れたことが無い。

「あ、じゃあ宮脇さんも猿島初めてなの？」

パンフレットに掲載される勝景を見つめていると、急に自分の名前が聞こえてきて油断していた身体がびくついた。顔を上げると、尋ねてきたクラスメイトの他にも想像以上に注目を集めている状況に目を瞬く。

「そりゃあ珠杏も初めてだろ！」

にこにこと満開の笑顔の節に問いかけられて、言葉に詰まる。

猿島は、長い歴史を重ねてきたことで様々な想いが集う場所。そして更に、人気の観光地でもある賑やかな場所。つまり、私が「視える」ものが多く集まる条件も揃っている。

幸い学校内には、〝あの通学路〟のように、沢山の感情に押しつぶされそうになって、通ることさえ憚られるような場所は無かった。(節と放課後に、隈《くま》なく校内探検をして確かめた。）でも街中は、その場所へ実際に行ってみなければ自分にどう影響があるかは分からない。

「……珠杏？」

「あ、うん。そうだね」

「テンション低ッ!?」

不安がじわじわと足下から襲ってくる感覚に苛まれながら、咄嗟に笑顔を貼り付けた。私の態度に違和感を持ったのか、節が再び口を開きかけた時だった。

「宮脇さんはお前みたいに浮かれたりしないんだよ、子供じゃないんだから」

「ナニィ!?　俺らは未だ子供だろぉ！」

「はい、雑談は後にしてね。当日は、男女二人ずつの四人グループでの班別行動が主になります。今この時間でさっとグループ分けしてもらおうかな。五分くらいで大丈夫？」

話題の軌道修正を行った前山先生は、いつもの淡々としたトーンで告げた。その途端、みんながぞろぞろと立ち上がる。

「前ちゃん、そんな大事なこと五分じゃ決められないって！」

「え？　六組なら、みんなで仲良く平和に決められるだろうなって、何も心配要らないと思ってたんだけど」

「……それはそう！　さっさと決めようぜ！」

「ちょろいなあ」と椅子に腰かけながらのんびり笑う先生は、流石生徒の扱い方を心得ているらしい。

この学校には、クラス替えというシステムが無い。つまり一年六組で同じクラスになったメンバーと、このまま三年間を一緒に過ごすことになる。私が七月に遅れて入学した時にみんなが温かく迎えてくれたように、クラス内の雰囲気の良さはとても伝わった。節の言っていた通りだ。――そこから二ヶ月。夏の厳しい暑さは漸く通り過ぎて、教室の窓から入ってくる色無き風には、どこか物寂しさを感じるようになってきた。

「でも待って。やっぱ俺、節とペアは無理だわ。ついていける気がしない。特に浮かれてる節とか無理、収拾付かない」

「俺も自信無いな」

「酷いッ!! さっき前ちゃんも『みんなで仲良く』って言ってただろ!?」

「まあ、確かに多賀谷の居る班のメンバー構成は、校外学習が成功するかを考える上では大事だなあ」

「前ちゃん!? さっきとお話が違うヨ」

「だって多賀谷がはしゃぎすぎて集合に遅れたりして、他の先生に怒られるの俺も嫌だし」

「この正直者! でも気を付けます!」

二ヶ月の間、私の幼馴染が、揶揄われていることも多いけど、気付けばいつもクラスの輪の中心に居る姿を見てきた。節は、本当に昔と変わらない。屈託の無い笑顔で、その場を明るく照らす。そして、その優しい光へ導かれるようにもっと人が自然に集まる。

男子達の輪から少し視線をずらすと、既に女子も集まって班のペアを組み始めている。乗り遅れていることに気付いて、慌てて立ち上がりながらも、先程から過《よぎ》る不安が足を踏み出す勇気を容赦無く奪う。

例えば、リーディングで教科書の読み合わせをしたり、体育でボールのパスを出し合ったり、そんな日常の中で作るペアとは訳が違う。校外学習ともなれば、長い時間を一緒に過ごすのだ。

〝平穏に何とか新しい高校での三年間を終える〟

それが、私が転校を決めた時に心に誓ったことだ。両親の想いや、遠回りの通学路を授けてくれた節に、迷惑をかけるわけにには絶対にいかない。

私は、無事にこの行事を乗り切れるだろうか。もしも、さっき予感したように訪れた場所で「視える」力を隠しきれなかったら。途中で何かボロが出たら。

『え、一緒に居るの怖いね』

『流石に気味悪くない？』

中学の頃の記憶が蘇《よみがえ》ると、じわりと静かに手に汗が滲むのが分かった。

もしも、誰かを怖がらせてしまったりしたら。それでまた、みんなから距離を置かれたりしたら――？

「おい」

「……え」

襲い掛かる不安が自分の中で不穏にうごめく中、遮るような低い声に反射的に顔を上げた。

隣の席の男が、頬杖をついたままこちらへ鋭い眼差しを向けているのに気付く。

「なに」

「何ぼうっと突っ立ってんだよ。さっさと女子の話し合いに参加しろ。お前がモタモタして班が決まらなかったら授業終わらねえし、部活行くのも遅れるだろうが」

にべもない態度で伝えられ、みるみる自分の眉間に皺が寄るのが分かった。今しがた葛藤《かっとう》していた気持ちをあっさり否定されたような気がして、カッと身体が熱を帯びる。

「そ、そんな簡単に言わないでよ。しかも自分だって話し合いに参加してないくせに」

「俺の場合、抵抗しても無駄だから」

「……抵抗？」

私と同じように男子が集まる場所から離れて自席に居ることを指摘すると、冷静に返事をされる。

「臨ちゃ～～ん！　俺とペアになって～～！」

首を傾げて意味を問おうとした瞬間、男子の輪の中央から節が手をぶんぶんこちらに振って言った。

「節を任せられるのは、臨しかいないんだわ」

「頼むぞ臨ママ」

周囲のクラスメイトも、男に手を合わせて懇願《こんがん》している。こちらを一瞥した無表情な保城の表情には「ほらな」と書いてあった。この展開を最初から予期していたらしい。

「ド、ドンマイ」

「別に。たかだか一日だろ」

溜息を吐いた保城が、そう言って再びこちらを見向く。

「たった一日の短い時間なんか、別に大したことじゃない」

淡々と言い放たれた言葉を、自分なりに解釈することに努める。そうしたら、「長い時間」を誰かと過ごすことへの気がかりをあっさり跳ねのけてくる、フォローのようにも感じられる。

「しかも、校外学習の間、お前にばっかり意識向けるほど誰も暇じゃないと思うけど？」

「……あんた、もうちょっと言い方無いの」

やっぱり、フォローとか絶対に気の所為だった。付け足された発言にムッと表情を曇らせながら直ぐ言い返すと、至極《しごく》面倒そうに男は切れ長の瞳を眇《すが》める。そして、そのまま特に言葉を返さず机に突っ伏そうとする男を「待って」と思わず呼び止めた。突然肩を揺らされたことに、目を見開いた男と視線が交わる。

「みんなに、言わないの？」

「は？」

二ヶ月前、誰もが普通に通ることの出来る通学路の途中で、私は動けなくなった。あの時、自転車で迎えに来て、結局私を学校まで自転車で運んでくれた保城は、〝私の秘密〟をクラスのみんなに言う気配は未だ無い。疑問をそのままぶつけると、目の前の整った顔立ちは、みるみる苛立ったように歪んだ。

「なに。言って欲しいわけ？」

「い、や。言って欲しく無いけど……」

「なんなんだよ。さっきから、言ってんだろ。態々お前を話題に出すほど興味ねえわ、自惚《うぬぼ》れんな」

「あー、そうですか！　すみませんね……！」

この男に尋ねたことを心底後悔した。思ったより大きな声になった所為で、班決めをしているみんながこちらに気付き、「宮脇さん、どうしたの？　早くこっちおいで～」と手招きしてくれる。

「おい呼ばれてるぞ、早く行け馬鹿」

「言われなくても行きます！」

こいつ、本当に私の怒りポイントをどうしてこうも上手く刺激出来るのか。そもそも何でいつまで経っても、隣の席なの。入学当初の名前の順の席次のまま夏を迎えているが、席替えの話は一向に無い。前山先生は「どの先生にもちゃんとみんなの名前を覚えてもらうため」と尤《もっと》もらしい理由を口にするけれど、あれは絶対に彼が面倒だからだと思う。

さっきまで自席で足踏みしてしまっていたというのに、苛立ちが勝ったのか、ちゃんと足を前に繰り出せた。

「――お前が話したいって思ったタイミングで、話したい奴にだけ言えば良い話だろ」

「え……」

席を少し離れた直後、背後で聞こえた言葉に振り返る。でも、保城は「もう会話は終わった」と言わんばかりに、今度こそ机に突っ伏してしまっていた。

この男の態度は、ほんっとうに私に全く興味が無いという表れだと思う。私が視えようが視えまいが、恐らく保城にとってはどうでも良いのだろう。でも、あの日以降、好奇心から根掘り葉掘り私の力について聞かれることも、恐怖心と憶測を周囲に漏らすことも決してしなかった。以前と何一つ変わらない腹立たしい態度のまま、私に接した。それを実感した時、何故だか鼻の奥がツンと痛んだことを思い出す。

「（ありがとう、ってまた言えなかった）」

――そのお礼を、私は言いそびれ続けている。

「お～～い！　珠杏」

「なに？」

「お前は、バナナはおやつに入る派？　ちなみに俺は、入らない派！　だからフルーツとして持っていくわ」

「急に何の話なの」

私の席までルンルンと軽快な足取りで近づいた男が切り出した話の脈絡の無さに、思わず首を傾げる。野球部のエナメルバッグを肩にかけながら「この鈍ちんめ！」と態とらしく溜息を漏らされた。なんだか、やけに腹立たしい。

「校外学習の話に決まってんだろぉ！」

「……節。前山先生も言ってたけど、校外学習は遠足じゃないからね」

「うわっ、俺の幼馴染ってば真面目過ぎぃ！　頭カチコチなんだから」

「節の頭がふにゃふにゃなんだよ。お願いだから当日も、大人しくしててね」

「学校行事で、はしゃがなくてどうするんですか⁉　しかも折角俺ら同じ班だし！　珠杏との遠足とか、小学校以来じゃん。あっ、おやつ一緒に買いに行く？」

「だから遠足じゃないってば」

ニカッと白い歯を見せて笑う節は、全く私の話を聞いてくれない。でも、あまりに嬉しそうに伝えてくるから最後は負けて、少しだけこちらも口角が緩んでしまった。

「しかし珠杏が、いんちょーとペアになるとは！」

「……うん。申し訳無いよね」

「申し訳無ぃ？」

「筑波さん、きっと気を遣ってくれたんだと思う」

校外学習の班決めを行う時、女子での話し合いの場面で真っ先に私に話しかけてくれたのは、このクラスの委員長も務める筑波さんだった。

『宮脇さん、もうペア決まった？　私、今ぼっちでさ。もし良ければ一緒に組んで欲しいな』

彼女が、いつもしっかり者でキビキビとみんなをまとめるお姉さん的なポジションなのだと言うことは、私でも分かった。周囲からの信頼も厚い人気者である筑波さんが「ぼっち」だというのは、きっと嘘だ。まだ六組に馴染めていない私を気にかけてくれたに違いない。

『おお、珠杏といいんちょーがペアか！　じゃあ俺らと組もう』

『なんでよ、嫌。もっと落ち着いて過ごしたい』

『いんちょー、そんな遠慮すんなって！』

『してないんだわ』

『前ちゃん！　俺がリーダーを務めるグループのメンバーがめでたく決まりました！』

『話を聞け。しかもあんたがリーダーなんて不安すぎる、私がやるわ』

『ええ〜〜！』

そして私と筑波さんがペアになったところで、元気すぎる幼馴染から勧誘を受けた。嫌がる筑波さんを全く気にすることなく、浮足立った節が前山先生に報告しに行ったから、最後は彼女も諦めていたけれど。

「なんでぇ？　超良い班じゃん。珠杏と俺と、臨といいんちょーだよ？　……なんか、俺を監視する人材が多すぎる気もするが」

「そう、かな」

無事に校外学習の話し合いが終了し、六限目を終えて漸く放課後を迎えた教室の中は騒がしい。部活へ向かうクラスメイトや、寄り道の相談をしているクラスメイト。楽しそうな声が溢れる空間の中で自分の声は今にも消えそうな頼りなさを孕む。

『筑波さん、私とペアになっちゃってごめんね。おまけに節のお守りする班……』

『え、なんで謝んの。私が宮脇さんを誘ったんだよ？　それに節のお世話は宮脇さんの方がきっとベテランだから、当日もよろしくね』

私の肩をポンポンと叩いて、筑波さんは笑ってくれたけれど。どうしたって不安は募る。だって私には、人に嫌な思いをさせた前科があり過ぎる。

「珠杏」

「なに？」

机の中から取り出した教科書をスクールバッグの中に片付けようとしていた手が止まった。俯きがちな私と視線を合わせるように、節が私の机の直ぐ傍にしゃがみこんだ。

「お前は本当に頭カチコチなんだから」

「うるさいな」

「更に今の珠杏は、心もカチコチだからな」

「……どういう意味？」

発言の意図を尋ねると、男はやっぱり満面の笑みでくしゃくしゃと私の髪を勝手に乱す。

「もうちょっと力抜いて過ごして良いってこと」

「そんなの、難しすぎる」

「そうか？　じゃあまず、校外学習で準備体操だな。大丈夫。当日どこに行く時も、俺が居るじゃん」

節は、どこまで私を見透かしているのだろう。校外学習への憂いを晴らそうとする屈託ない笑顔に心が緩んで余計なものが目から零れる予感がした。慌てて顔を背ける。

「……良いから節、さっさと部活行きなよ」

「うわッ！　素直じゃね～～～」

「節。そろそろ行かないと遅刻する」

顔を顰めて苦々しく答えるのに、節はいつもの調子で、私のヘアセットなんてお構いなしに髪を乱してくる。そして、部活へ向かうのを促す保城と共に足早に去っていった。

「お、今日の分もう出来た？　じゃあ補習は一旦これで終わりか。宮脇さんお疲れ様」

「本当にありがとうございました」

「授業聞いてて分からないところがあったら、いつでも言って。どの教科でもね」

「はい」

西日が強くなり始めた教室には、私と前山先生の二人。少しだけ開いた窓からはグラウンドの運動部の掛け声が重なって遠くに響く。

『もし授業の進捗《しんちょく》に不安があるなら、各教科の補習の時間も設けられるけど』

――ブランクを背負って高校へ入学した私にそう提案してくれたのは、前山先生だった。

当然、三ヶ月遅れて学校生活を始めた私は、その分勉強も遅れている。それを巻き返すべく、各教科の先生から今までの授業範囲の解説をしてもらったり、過去問を解く補習の時間を提案してくれたのだ。凄く有難い話だと思った。

『ちょいちょい前ちゃん、授業終わってハッピーアフタースクールの時間にまた勉強させるってどんな鬼!?』

『是非、補習をお願いしても良いですか』

『ギェ～～！　正気か珠杏!?』

即答した私に、節は隣で全く理解出来ないという表情を浮かべていたのを思い出す。

「宮脇さん真面目だから、最初の予定より早く終わったね。色んな教科の先生が熱心だって褒めてたよ」

「先生、態々補習の時間割も組んでくださったり、ありがとうございました」

「いーえ」

いつもの飄々《ひょうひょう》とした返事と共に、私が今日終わらせたプリントを回収する彼は、やはり今日も寝癖なのかパーマなのか、判断が難しい毛先の撥ねた触り心地の良さそうな緩いヘアスタイルだ。

「放課後も勉強するの、しんどかったでしょ。遊びにも行けないしな。明日からは存分に〝ハッピーアフタースクール〟とやらを楽しんで」

節の言葉を引用して、一重の瞳をきゅっと楽しげに細めた先生になんとか私も笑顔を作って返す。でも、上手く言葉は出てこなかった。

「クラスの女子達に怒られたよ。『いつまで宮脇さんを拘束《こうそく》するの』だって。今日、誘われた？」

「あ……、はい」

節達が部活へ行ったのを見送った後、クラスメイトの数人が遊びに誘ってくれた。明日、少女漫画を実写化したことで話題の映画を観に行くのだと言う。

『横須賀で観る予定なんだけど、宮脇さんも良かったらどうかな？　電車通だよね？』

最寄りの衣笠駅に映画館は無い。だからみんな大体、JR線を使って商業施設の揃った横須賀駅へ出て遊ぶことが多いらしい。高校から駅まで、皆で向かうとなればきっと、――私がいつも使っている遠回りの通学路は使えない。

『ご、ごめんなさい。放課後は、補習があって』

「また行こうね」と言って去っていった彼女達の背中を見て、心の中でも謝罪をした。

「補習が折角終わったのに、随分と浮かない顔だね」

今日の出来事を思い出していると、教卓に立つ前山先生が提出したプリントの端を揃えながら軽く言う。驚いて顔を上げると、先生は全く表情が変わらない。そのまま私の前の席までやってきて、静かに腰かけた。

「……クラスのみんなからの誘いは、気が重い？」

嗚呼、ここで黙ってしまったら肯定したのも同然なのに。数拍遅れてから、必死に首を横に振ると、「ごめん嫌な言い方したな」と先生は眉を下げて苦く笑った。

「嬉しいんです。みんな、優しくて。気にかけてくれて」

「うん」

「……でも、放課後の補習っていう理由に逃げているのも、本当です」

誘ってくれた彼女達が教室を後にする背中を見て、抱いた感情は申し訳無さと。――安堵も確かにあった。

「そっか」

「ごめんなさい」

「なんで謝るの。放課後の使い方なんか、自分の自由にして良いんだよ。行きたくなければ無理する必要は無いし、逃げ道になるなら補習も、いつでも開催しますよ」

窓から射すオレンジ色の濃い光が、「なんてことない」と言わんばかりのいつもの調子で語る先生の横顔を照らす。

「でも宮脇さん。ちょっとだけ捉《とら》え方を変えてごらん。そしたら自分の心の動き方もきっと変わってくるよ」

「……なんの捉え方ですか？」

「さあ、なんだろう」

「ええ？」

肝心の決定的な部分を教えてくれない先生に驚くと、また笑みを深めた彼はパンツのポケットから何かを取り出した。

「まあ、あんまり気負わずね」

「……先生、ずっと喉の調子が悪いんですか？」

差し出されたのは、ミント味の喉飴だった。確か、同じものを登校初日に職員室でも受け取った。尋ねると「全然そんなことない」と可笑しそうに答えられて、ますます彼のことが掴めない。

「さ、とりあえず今日は暗くなってきたしもう帰りな。気を付けてね。あ、多賀谷と一緒に帰ったら？」

窓の外を指さす先生に促されて視線を動かすと、グラウンドでは野球部がトンボ掛けをしている姿が見える。恐らく今日の練習が終わったらしい。

「いえ、静かに帰りたい気分なので一人で大丈夫です」

「そっか。そうだ、今度もし特別補習する時は多賀谷も引っ張ってきて。あいつこそ補習しないと様々な教科の成績が本気でまずい」

「……節は勉強のことになると逃げ足早いですよ」

「ちょっと頼むよ、幼馴染」

やれやれと疲弊したように肩をすくめる先生の苦労が覗く。でも、もう一度グラウンドを見やると、そんな苦労を知りもしない節が、きゃっきゃと楽し気な声を出して片付けをしている姿が肉眼でしっかりと確認出来て、思わず笑ってしまった。


「で、出来たぁ～～！」

「私の答え写しただけだけどね」

「マ！　この子は余計な一言を！　細かいんだから」

「もう二度と教えないよ」

「ごめんね珠杏ちゃん！　仲よくしよ!?」

焦って私に近寄ってくる節を咄嗟にかわす。今日の四限目の数Aの時間、提出しなければいけない課題を案の定やっていなかった男に担当教師からの雷が落ちた。そして「昼休みまでに提出しないと追加で倍の課題を出す」と宣告を受けて涙する男を結局放っておけず、私まで一緒に取り組む羽目になった。

「あ～良かった、これで課題地獄回避！　珠杏、本当にありがと」

「節、そろそろ真面目に勉強もやらないと『おバカキング』の称号をほしいままにしちゃうよ」

「なんだその不名誉な称号は！　いやあ、勉強しよっかなと思う気持ちはあるんだけど、白球が俺を呼んでいるというか。絶賛、青春中というか？」

「……私、数学の係だから職員室にみんなの課題提出しに行ってくるね」

「え、無視？　でも遅くなってすみませんでした、お願いします」

勉強よりも野球に夢中だと語る幼馴染に笑いつつ、全員分のノートを持って昼休みの賑やかな教室を後にした。


「失礼しました」

無事に課題を提出して職員室を出て、左手の腕時計を確認すると予鈴まで未だ五分ほど残されていることを知る。

「なんで俺なんだよ」

何か飲み物でも買おうかと、足を方向転換させて自販機の設置されている渡り廊下へ向かうと、よく知った無骨な声が聞こえてきた。恐る恐る自販機越しに身体を少し乗り出すと、直ぐ傍の体育館の外階段で向かい合う二つの人影があるのが分かった。

「――あんたしか居ないの。お願い。付き合ってよ」

途切れて聞こえる会話の中で、聞き取れてしまった言葉は、声色からその真剣さが伝わった。「聞いてはいけなかった」ものだと、瞬時に理解出来た。直ぐに身体を引っ込めて、その場から足早に離れる間、傍で色づき始めた銀杏の木の葉擦れの音に、よく似たざわめきが心臓からも響いていた。

「おっ、珠杏おかえり！　なあ、臨見なかった？　さっきから居ないんだけど」

走り通して教室へ戻ると、直ぐに私を見つけてくる節がきょろきょろと視線を動かしながら尋ねる。その中にあった名前に、動揺しそうになる自分をなんとか押し込めた。ついさっき私が見かけた二人は間違いなく、――保城と、筑波さんだった。たった数秒しかこの目に収めていない筈なのに、しっかりと二人の姿が脳裏に焼き付いてしまっている。

「……珠杏？　どした」

「節。橋田《はしだ》先生から伝言。『今日はこれで見逃してやるが、次は無いと思え』だって」

「ぎゃあ、怖い!!」

咄嗟に話題を変えるために、数Aの橋田先生に職員室で言われたことを伝えた。でも、節の「あいつ……さては俺のこと好きだな？」なんていつもの軽口を聞いても、自分の心の分厚い靄《もや》は、なかなか晴れてくれる気配が無かった。

予鈴の後、保城と筑波さんの二人は、別々に戻ってきた。教室に入ってくる筑波さんと目が合った気がして、私は慌てて彼女から視線を外した。「絶対に感じが悪かった」と自覚はしていたけれど、どう弁解すれば良いのか分からないまま一日を終えた。

――その翌日、筑波さんのおばあさんが亡くなって、彼女が三日間の忌引《きび》き休暇を取ることが朝のHRで前山先生から伝えられた。

「あ、洋！　おはよう」

「おはよ、急に休んでごめんね」

「良いんだよ～、大変だったね」

朝の教室に入ってきた筑波さんは、絹糸のように靡《なび》く艶やかな黒髪、制服からも分かる細くて長い手足、真珠のように輝く色白な肌。今日も「綺麗」を全身に纏う。

「いやいや、私は全然大変じゃないよ。ああいう時に大変なのは親だね。特に何もしてないのに私まで三日も休んじゃって申し訳無いわ」

「相変わらず、委員長はさっぱりしてんな」

整った顔立ちを惜しげもなく崩しながらあっけらかんと語る口調も、筑波さんの魅力の一つだ。美人なのに決して気取った所が無く親しみやすい。みんなが自然と集まる。

『――――あんたしか居ないの。お願い。付き合ってよ』

こんな人に告白をされて、断る人間なんて居るのだろうか。

「……なんだよ」

「べ、別に何も？」

「はあ？」

隣で欠伸《あくび》をしながら、意外にも一限の現国の教科書を眺める隣の男を盗み見る。……筈だったのに察しが良すぎるのか、直ぐに視線に気付かれてしまった。そしてがんを飛ばされる。朝から腹立たしいことこの上ない。慌てて私も授業の用意をしながら、三日前に見た光景を必死に振り払おうとした。

「宮脇さん！」

「はい!!」

しかし突然、可愛らしい声に名前を呼ばれて驚きと共に咄嗟に大きな声が出る。「元気だね」と先程遠くから観察していた魅力的な笑顔が直ぐ傍にあった。隣の奴に気を取られて、筑波さんが近づいてくる気配を逃してしまっていたらしい。

「校外学習の話、色々進めてくれたんだね。さっき前山先生に聞いた、ありがとうね。うちの班の男二人、きっと役に立たないから大変だったでしょ」

「あ、いや……」

彼女が休みの間に、HRで校外学習のルートを決定する時間があった。行程のうち、午前中は市内の施設を班ごとに選択する流れで、確かに節も保城もこの手の話には食いつきが全く無かった。（というか節は、もう猿島で行われる最後のバーベキューしか興味が無いと思う）

「うちの班は、午前中は横須賀美術館に行くんだね！　良いね、最近よくSNSでも話題だしね」

「うん。私もインスタ見て、良いなって思って……」

「調べてくれてありがとう」

瞳を細めてくしゃりと笑う彼女に、私も笑い返そうとした瞬間だった。

〝――洋〟

エコーがかかったようにこもった小さな声が、確かに聞こえた。それがどこから聞こえたのかもよく分からないうちにまた、重なるように筑波さんの名前を呼ぶ女性の声が耳に届く。

「……宮脇さん？」

笑うのも忘れてその場に突っ立ったままの私を不思議そうに見つめる彼女には、どうやら勿論聞こえていない。それがこの世のものではないのだと、気付いた瞬間だった。

〝貴女、私の声が聞こえてる？　もしかして、視えるの？〟

筑波さんの隣から、透明を保った人影が私の目の前にゆっくりと浮かび上がる。嗚呼、しまった。いつもならば、日常生活の中で「視える」気配があっても、知らないふりを出来ていたのに。知っている名前を呼ぶ声に思わず反応してしまったことが、相手にもバレてしまったらしい。

「あ、ごめんね。何も無いよ」

「そう？　じゃあまた、班別のこと色々話そうね」

そろそろ予鈴が鳴る。笑って自分の席へ戻る凛とした筑波さんの後ろ姿を見守っていると、私にしか視えない人物がこちらへ近づいてくる。どくどくと容赦無く脈を打つ身体に冷たい汗が静かに滲む。

〝――初めまして。私、筑波洋の祖母の小晴《こはる》と言います〟

目の前に立つ白髪の女性は、柔らかな光を纏って穏やかに自己紹介をする。首元にかぎ針編みのレースのスカーフを巻いて、紺色のジャガードワンピースを着こなす姿からは気品や、しとやかさも伝わった。整った目鼻立ちや、透き通る綺麗な白い肌も勿論だけれど、何よりも、私と目が合うと、瞳を細めながら目元に笑い皺を増やす笑い方は、筑波さんによく似ていた。

〝死んでしまってから、洋には勿論、誰にも私の声はもう届かないだろうと思っていました。気付いていていただけて凄く驚いたけれど……とっても嬉しいです〟

丁寧に噛みしめるように私へ言葉を紡ぐ彼女は、丁寧にゆっくりとお辞儀をした。その姿をどうしても、無視して立ち去ることが出来ない。

〝あ、お名前はなんて仰るの？　洋と仲良くしてくれてありがとう〟

次いで尋ねる彼女に反応を示さず、代わりに自分の席に置いてある現国のノートを開いた。

《私は、貴女とお話をするわけにはいきません》

空いているページに汚い字で素早く言葉を紡いだ。一呼吸挟んで、トントンと躊躇いがちにノートを叩く。自分の行動がいかに失礼なものかは自覚しながらも、目は合わせないままに、
に、小晴さんに文字を確認するよう促《うなが》した。

もう二度と、この目に何が視えたとしても、〝彼ら〟には関わらない。そう決意した時の自分を必死に呼び起こす。でも、私が書きこんだ文字を見た小晴さんの瞳が寂し気に揺れたのをこっそり盗み見た瞬間、心に強い痛みが走る。

〝……ごめんなさいね、そうよね。ご迷惑をおかけしたいわけじゃないの。ただ、あの子がずっと一人で泣いてるから、私、どうしても心配で。だから、此処を離れられないみたいなの〟

机に視線を落としたまま聞いていた彼女の説明の中に引っ掛かりがあって、思わず顔を上げる。結局、自分から目を合わせてしまった。視線の先の小晴さんの硬い表情は、嘘を吐いているようにはどうしても思えない。

でも、「泣いてる」って一体どういうこと。だって。

——目線を教室の遠くに移すと、筑波さんは隣のクラスメイトといつも通り、満開の笑顔で元気に笑い合っている。

あっという間に放課後になってしまった。今日の全ての授業において、集中力が皆無だった自信がある。はあ、と身体の奥底から連れてきたような重苦しい溜息が吐き出される。

〝貴女には貴女の事情がきっとあるのに、急に話しかけてしまってごめんなさいね〟

朝、筑波さんのことが心配だと語った小晴さんに、私は何も上手く反応出来なかった。ぐるぐると過去に「視える」ことが原因で起きた出来事を思い出せば、身体は金縛りにあったように動けなかった。痛いほど拳を握りしめてじっと押し黙っていると、彼女は何かを悟ったような笑顔を残して、その場からすっと消えてしまった。

——他の人達が「視えなくて良いもの」が幼い頃から視えた。〝彼ら〟の大半が、この世に生きている者達の傍に存在していた。それぞれが、この世を離れられない未練を抱えているのだと知った。——小晴さんの未練は、彼女の言葉を引用するならば「筑波さんが泣いていること」だろうか。でも、私が確認する限り、筑波さんは「泣く」なんて想像も出来ないほど、みんなと元気に学校生活を送っている。

何はともあれ、私が出る幕は無い。私が首を突っ込んで上手くいく未来も全く見えない。知らないフリをするのが最善だ。

そう何度も言い聞かせるのに、胸のつかえは全く取れそうになかった。

「珠杏！」

「え、なに。……痛!?」

大きな声で名前を呼ばれた次の瞬間に、額に痛みが走る。状況把握をするより先に、全てが誰によるものかは分かった。

「ちょっと節。なんなの」

「う〜〜ん？　熱は無さそうだと見た」

珍しく難しい顔をした節が、私の額に置いていた右手をそこで漸く離す。どうやら熱を測るための行為だったらしい。それにしては痛すぎる。おバカな幼馴染は、力加減というものを知らない。

「なに、話が読めないんだけど」

「いやあ。なんか、今日ずっと、元気無いって聞いたからさ」

「え？」

「あ、正確には『隣の奴、負のオーラ全開で顔色も終わってて目障《めざわ》りだった』というツンデレ全開の言葉でしたがね。そうです、君のお隣さんですね。ちなみに彼は僕にそう言って、自分はさっさと部活へ行きました」

節がやれやれと肩をすくめて指さした私の隣の席は、既に主人を失ってガランとしている。今日は、腹立たしい憎き男、保城とは殆ど会話をしていない。別に、いつもしないけれど。異変に気付かれていたことへの驚きと共に「お前の言葉のチョイスはどうなってるんだ」と怒りたい気持ちが一緒に交ざって湧き上がり、私の表情も苦々しいものになる。

「体調が悪いわけじゃないんだな？」

「うん」

「じゃあ、なんかあったの」

「……ううん、何も無い。大丈夫だよ」

「はい嘘です、珠杏ちゃんは本当に分かりやすいね！　何故なら嘘を吐いている時、君は俺の目を見ないのだ！　甘かったな！」

「もー、うるさいなあ」

こういう時、節は絶対に見逃してくれない。上手い反論をし損ねて、眉を八の字にすると、頭をぽんぽんとリズムよく撫でられる。

「珠杏、今日俺の部活終わるの待ってて？」

「え、なんで」

「帰りに校外学習用のおやつ買いに行くから。一緒に帰ろ」

「……それは今日じゃないとダメなんでしょうか」

「理由は無いが、ダメである。だから待ってなさい。あれやろうぜ、値段見ずにどっちが五百円ギリギリまで買い物出来るかどうか！　だって珠杏、どうせ暇だろ」

「失礼な」

批判をたっぷり込めた眼差しで睨んだのに、節は楽しそうに笑う。その笑顔に心にかかる雲が少しだけ晴れた。昔から、どうしようもない力と感情を持て余してばかり居る自分は、節に何度救われてきたか分からない。そんなことを改めて言ったら、この男はなんて言うんだろう。「だろ〜〜」なんて、鼻高々になるのかな、と想像すれば口角がやっと僅かに持ち上がった。

「あと三十分くらいかなあ」

節と約束をしてから約二時間。窓の外はすっかり夜に近づいていて、恐らくボールが見えなくなる野球部の練習時間の終わりも近づいている。黙々と教室で課題や予習をすることに費やしたら、予定よりも早く終わってしまった。急に手持無沙汰《てもちぶさた》になった私は、椅子から立ち上がって背筋を伸ばす。気がかりから逃げるように没頭していた時間が終われば、当然また、それは胸のつかえになって現れる。

——小晴さんは、まだこの世界に居るのだろうか。

自分に出来ることは無いと何度言い聞かせても、筑波さんとよく似たあの笑顔を思い出してしまう。孫を心配する彼女は、これからもこの場所をずっと彷徨うのかと想像すると胸にヒリヒリと火傷《やけど》のような痛みが走った。

思考が駄目な方にばかり走る自分をリセットすべく、人の気配の無い薄暗い廊下を歩いてトイレへ向かった。

『あ！　珠杏、トイレとかどうなの!?　は、花子《はなこ》さんが出るかもだし、お前怖くない？　大丈夫か!?』

そういえば、私が学校内で、〝あの通学路〟のように近づけない場所が無いかを確認するために節と校内探検をした時、一番に問われたことを思い出す。

『ちょっと節！　女子トイレにそんな堂々と向かわないで！　これで節が変な噂される方がよっぽど怖いよ!?』

『お、おお……確かに』

確認することに必死で、一目散に女子トイレへ向かう節のワイシャツを後ろから慌てて掴んだ。そこで漸く自分の行動に気付いて立ち止まる節の拍子抜けした間抜けな顔に、思わず私は笑ってしまった。

おバカで優しい幼馴染との出来事を振り返りながら、目的地に近づくとぼんやりと光が見える。どうやらトイレの人を感知するセンサー式の電気が点いているらしい。「まだ誰か居たのか」と中を覗いた時だった。

「え……筑波、さん？」

お手洗いスペースの隅で蹲る人影が、私の声にびくりと揺れた。慌てて立ち上がり、その場を離れようとする彼女の瞳が、涙で濡れているのに気付く。

「——ま、待って！」

殆ど無意識のうちに、彼女の細腕を掴んでいた。

「びっくり、した。宮脇さん、こんな時間まで何してるの？」

「あ……私は、放課後も補習があって」

「そっか」

咄嗟に嘘を吐いてしまった。その罪悪感を抱えながらも、全てを晒す勇気は無い。こちらを決して見ずに、さっと手で目元を拭った筑波さんは、赤い瞳のまま
くしゃりと笑った。

「私は、委員長会議で今度の班別活動のしおり作らされてた。ほんと、名前だけ立派で、委員長なんて結局は雑用係なんだよね」

努めて明るく言っているのが分かってしまう震え声だった。

「筑波さん、あの」

「なに？」

「何かあったの？」

「……どうして？」

「あ、その。無理して笑ってるような気がして」

〝ただ、あの子がずっと一人で泣いてるから〟

筑波さんは、教室ではいつものように明るく振る舞いながら、こうして「一人で」こっそりと涙を流していた。小晴さんの言葉の意味を、今になって実感する。

「そんなんじゃないよ。本当に大丈夫だから気にしないで」

「……でも、」

「何？」

「凄く、辛そう」

私がそう感じる理由を――小晴さんのことを、筑波さんには伝えられない。陳腐《ちんぷ》な言葉しか出てこない自分に嫌気が差す。もどかしさを埋めたくて、ぎゅっと筑波さんを掴む手に力を籠める。それに抵抗を見せるような筑波さんの手が、上から重なった。

「宮脇さんだって、詮索《せんさく》されたくないことくらいあるでしょう？」

あっという間に涙を止めた彼女は、私を鋭く射貫く。真剣な眼差しからは、私の反論は聞かないという強い意志を感じた。同時に、こちらが胸の内に隠す後ろめたさを全て暴かれてしまいそうな予感がする。

「補習って、嘘でしょ？　今日丁度、委員会で東郷先生から『先週、無事に終わった』って聞いた」

「それは……」

「別に、追及するつもりは無いよ。でも宮脇さんも、触れられたくないことがきっとあるんだよね？　それと同じ」

頭が真っ白になって何の言葉も出てこない自分のまま、その場に立ち尽くしていると、重い沈黙はまた筑波さんが破る。

「お願いだから、放っておいて」

弱弱しい声で懇願されて、掴んでいた手をとうとう離す。「ごめんね」と苦しそうに呟いてその場を立ち去る筑波さんが浮かべた笑顔は今にも壊れそうだった。それはあまりにも、私に謝りながら姿を消した小晴さんが最後に見せた笑顔と重なった。

――どうして私は、一人で持て余すしかない力を持ってしまったのだろう。

いつもいつも、視えることが出来ても、ただそれだけだ。不甲斐《ふがい》なさを思い知っては、この苦しさを耐え忍ぶしかない。何の役にも立たないこんな力、捨ててしまえたら良いのに。ねっとりと身体に絡みつく負の感情に支配され、暫くその場から一歩も動くことが出来なかった。

「うお〜〜!?　想像してたよりめっちゃ景色良いなあ!!」

「ちょっと節。到着した途端はしゃがないでよ、子供か?」

「いいんちょ、ちょっとこっち来てみ!?　めっちゃ映え!!」

「全然聞いてないし」

校外学習の当日、私達のグループは、午前中を使って横須賀美術館を訪れている。横須賀駅からバスに乗って数分。東京湾を一望出来る観音崎《かんのんざき》公園の中にあるこの美術館は、建物のコンセプトが「環境全体が美術館」である通り、前方を海、そして後方は山に囲まれた自然豊かかつ開放的な構造になっている。全体がガラスで覆われた現代的でオシャレな建築デザインも有名で、若者にも人気のスポットの一つだ。

「なんか……アートって感じだな!」

「なんだその薄い感想は」

節にはちょっと、芸術を楽しむのは早かったかもしれない。館内に入った途端、いや、今日集合した時からずっとテンションが高い男の様子に苦笑いを漏らす。そして、隣で冷静な突っ込みをする彼女——筑波さんは、節の珍行動と言動に呆れながらも、ちゃんと笑顔を見せている。

〝あの日〟のことは、筑波さんとは全く話をしていない。校外学習の話し合いのためにグループで喋る機会は増えたけれど、私は突き放された時から一度も切り出せずにいる。当然クラスに居る時の彼女は、以前と変わらない明るさで、違和感を持っている人は誰も居ないのだと思う。小晴さんのことが「視える」ことは無く、このまま、何も知らないフリをしてやり過ごすしか無いのだと分かっている。私が、その道を選択したのだ。

「みんな!! このまま屋上行けんだって！ めっちゃ眺め良いらしいから行ってみよ！」

「あんたね、先ずは展示作品をちゃんと鑑賞して勉強してくれる？ ワークシートに何書く気なのよ」

「えええ、〝勉強〟って聞いた途端に体調悪くなった。やっぱりこれは、外の空気に触れて休まないと！」

「必死過ぎるでしょ」

節の勢いに負けて、館内から螺旋《らせん》階段で繋がっている屋上広場へ一緒に向かってあげる筑波さんの後ろ姿を、ぼうっと見つめていた時だった。

「おい、邪魔」

無骨な声が背後から聞こえた。流石に憎たらしいそれが誰のものなのか、直ぐ分かるようになってきた。「こんな広い空間なんだから避けて歩けるだろ」と心で反論しつつ、睨みを利かせるだけになんとか収めた。

直ぐ隣を無言で歩く男を盗み見ると、ネイビーのカットソーに黒のテーパードパンツ、アウトドアブランドのサコッシュを斜め掛けするという至ってシンプルな服装を身に纏い、いつもの制服姿では無いことを改めて実感する。

校外学習は私服で参加するのだと知ったのは、クラスの女子みんなが「どうする？」と悩んでいるのを聞いたからだった。慌ててクローゼットの中身を全て出して、私もそれなりに昨日の夜に時間をかけてコーディネートを決めた。張り切っているとは思われたくないし、手抜きだと感じられるのも嫌で、私服選びはそのバランスがいつも難しい。姿見と睨めっこをした結果、白のシャツワンピースに生成《きな》り色のニットベスト、キャンバス生地のリュックサックを合わせた服装は、今も正解なのかはよく分からない。恐らくこの分野に頓着《とんちゃく》の無さそうなこの男が、女子達の葛藤を知ったら「くだらね」と一蹴《いっしゅう》しそう。そのくせに今朝、駅で集合した時に、同じように美術館へ向かう隣のクラスの女子達の視線をこの男はしっかりと独占していた。その光景を思い出せば最近心にずっと積もっているモヤモヤがまた増幅した気がして、自分の表情が何故か険しくなるのが分かった。

「おい」

「……え、なに」

「お前、いい加減にしろ」

「は？」

「この間から、いつまでそのシケた面、引きずんの」

低い声で指摘されたことに、階段の途中で足を止める。形の整った彫りの深い瞳を眇めた男が鬱陶しそうに溜息を漏らす。

「なんか気がかりがあるなら、ウジウジ悩んでないで行動すれば良いだろ」

「……だから、簡単に、言わないでよ」

遮る自分の声は、誰が聞いても冷静さを欠く。放った言葉が情けなく揺れた途端、視界もぐらぐらと歪む。

いつだって迷いなく「自分」を貫いていそうなこの男には、きっと。

「あんたには分からない」

——私のことなんか、絶対に理解出来る筈が無い。

筑波さんの涙や、小晴さんの寂しそうな笑顔が瞼の裏に浮かんで、その後に、両親や節、六組のみんな、そして私が昔から視えてきた存在と、私の「視える」力を知って離れていった数々の恐怖を宿した冷たい視線が一気に思い出される。

——あんな思いは、もう二度としたくない。

足踏みばかりして先へ進めない弱い自分を体現するかの如く、足先が進行方向からぐるりと百八十度遠ざかった。

「おい、どこ行くんだよ」

「……ミュージアムショップ。時間押してて、後から見る余裕無さそうだし」

保城の表情は見られないまま、「買い物終わったら合流するって、二人にも伝えておいて」と、咄嗟に思い付いた理由を置いて、今しがた上っていた階段を足早に駆け下りた。少しヒールのあるサンダルと悩んだ結果、女子力はちょっと下がるけれど、ローカットの歩きやすいスニーカーにして良かったと皮肉にもそこで実感した。

「宮脇さん」

「……前山先生？」

勿論何か買い物をする気分になんてなる筈もない私は、建物を一度出て、「海の広場」と呼ばれるスペースにやって来た。美術館を背に整備された芝生に立つと、前方には何にも遮られない海の景色が広がる。他の班が、楽しそうに写真撮影をする光景も見えて、私は一人で何をしているのかと長い息を吐き出しながらその場で膝を抱えた。

「班別行動開始からまだ一時間弱、早速単独で行動をしている生徒を発見してしまって戸惑っています」

「す、すみません」

そんな私を直ぐに見つけて声をかけてきた人物は、口では「戸惑う」なんて言いながらもいつもの柔らかい雰囲気のまま私の隣に座る。

「先生、今日は一段と生徒と見分けがつかないですね」

「それ褒めてる？」

いつも以上にカジュアルな服装の前山先生は、班別活動中の生徒達と見紛《みまが》いそうになる。

「もうちょっと教師としての威厳出したいなあ」と、本心では無さそうな言葉と共に笑った彼に笑い返したかったけれど、あまり上手く出来なかった。

「宮脇さんのグループの班員なら、さっき屋上で見かけたけど」

「はい」

「え、もしかして高所恐怖症とか？」

「いえ、全然そんなこと無いです。ただの単独行動です」

「本当の問題児だった」

やれやれと可笑しそうに笑う前山先生が、俯く私の顔を覗き込む。心配をかけまいと慌てて「でも大丈夫です、直ぐみんなの所に戻ります」と咄嗟に言うと、彼は眉を下げながらもっと笑みを深めた。怒られると思ったのに、その笑顔の理由が分からず首を傾げる。

「悩んでいる時に素直に助けを求められる子と、もっと強がる子が居るけど。うちのクラスは圧倒的に後者が多いなと思って。そういう時、『大丈夫』を体《てい》のいい呪文みたいに使うんだよなあ」

た。

「呪文……」

「本心はきっと違うのに、相手を遠ざけるために必死に呟く」

『――本当に大丈夫だから気にしないで』

あの日、目を真っ赤にした筑波さんが言ったことを思い出す。咄嗟に反応出来ずに、先生の横顔をただ見ていると、秋の海の匂いが交ざった潮風が彼の柔らかな髪を静かに通り抜けた。

「それ以上、詮索されたく無いってことだと思います。だったら踏み込むべきじゃないです」

「えー、でも寂しくない？」

自らに飲み込ませるように呟くと、即座に言い返された。それが想像以上に端的な答えで、拍子抜けする私に前山先生の軽い笑い声が続いた。

「少なくとも俺は今、宮脇さんが一人で何か抱え込んでるのは寂しいよ。そう思うのも駄目？」

「……」

「無理に事情を教えてくれとは言わない。でも、自分がどう思ってるかを伝えたり、自分なりに行動してみるくらいは良いんじゃないかな。宮脇さんには、近くに『良いお手本』もあるでしょ」

「お手本……？」

話が読めずに瞬きを繰り返せば、前山先生は徐《おもむろ》にスラックスのポケットから何かを差し出した。

「見返りとかそういうことじゃなくて、自分の相手への想いをただ貫くお節介な幼馴染」

「……節のこと、ですか」

いつも前山先生がくれるミント味の喉飴を両手で受け取りながら、私の幼馴染との関連性はまだ掴めない。

「宮脇さんの転入が決まってから、多賀谷は毎日のように職員室に来てた。『珠杏と絶対に同じクラスにして下さい』って」

「え……？」

「俺の一存じゃそんなこと決められないって言ってんのにあいつ全然聞かなくて。俺を買収するために、毎回お菓子持って来んの」

知る筈の無い入学前の話に耳を傾けていると、潮風が子供の駆けっこのように頬を次々と無邪気に撫でる。

『あのさ多賀谷。こんなことされても、俺じゃどうしようも無いんだって。しかも俺は甘いものが苦手です』

『何!?　それは盲点……！　分かった、じゃあ明日からは甘くないやつにするわ』

『うん、全然分かってないな。そもそも宮脇さんは、多賀谷と同じクラスになることを望んでるの？』

『いーや、あいつはそういうこと言わないからなあ。多分違うクラスになっても大丈夫って絶対に強がるんだけど。でも俺はそれじゃ嫌だから、出来ることはするって決めてんの。じゃあ前ちゃん、また明日！　乞うご期待!!』

知る筈の無い前山先生と節の会話に、言葉は出なかった。

「だからそれは、多賀谷からの賄賂《わいろ》のお裾分《すそわ》け。大量の喉飴、消費するの結構大変なんだよ」

彼の隣で、感情の置き所がよく分からないまま、ぎゅうっと確かめるように手の中の飴を握りしめる。

節は、一言もそんな話を私にはしなかった。だから、「喜べ珠杏、クラス一緒になったヨ〜！」なんて、入学手続きの途中で教えてくれた時も、私は内心凄く安堵したくせに、薄いリアクションで済ませたりして。それでもあの男は、ニコニコと隣で笑っていた。

「たまには、多賀谷みたいに『自分がどうしたいか』を優先して動いても良いんじゃないかな」

私はいつも臆病者だ。人に自分を晒すことが怖い。相手に踏み込むことも、怖い。怖くてたまらない。お互い傷つくリスクがあるならば、詮索し合わないことが相手のためにもなると言い聞かせて、自分が立ち止まる足枷《あしかせ》を増やすことばかり得意になった。

　節の人を思いやる姿勢には、保険や迷いが一切無い。

　だからいつも、優しさが真っ直ぐ心に刺さる。どうしても忘れることが出来ない光のように焼き付いて、今もずっと胸の奥で輝き続ける。――そんな素敵な、想いの届け方を。

「私でも、出来るでしょうか……？」

　殆ど涙に濡れた声で吐き出した。ワンピースの袖で、零れる前の涙を素早く拭い取る。よく見えていないけど、前山先生は、やっぱり笑ってくれている気がした。

「うん。ちょっと勇気出して、やってごらん。失敗したって良いし」

「し、失敗するのは辛いです」

「まあ普通はそうだよね。でもまあ、うまくいかなかったら、また喉飴あげるから」

　慰め方の提案としてはあまりにも軽い。でも「気負わずにいけ」という先生らしいメッセージのようにも思えて、頷きながら小袋を破って喉飴を口に放り込んだ。

「さて。仕方無いから、暫く此処で宮脇さんと『横須賀の地理についての特別授業』をします。ありがたく受講してね」

「……え、嫌です」

「ちょっと？　じゃあ今一人で居る状況で他の先生に見つかってもフォローしないよ？」

「ご、ごめんなさい、お願いします」

地理オタクである前山先生は早速、ちょっとだけ弾んだ声で「三浦半島はそもそも、地形地質学の観点から言うと、北部・中部・南部に分かれていて」と地形の説明を始めている。

喉飴の鼻に抜けるミントフレーバーの清涼感と、顔を上げれば視界いっぱいに広がる秋晴れに照らされた海。それから、優しく鼓膜を揺らす先生の穏やかな声は、自分が抱える不安を和らげてくれるようだった。

午前中の活動が終わると、学年全員が京急線《けいきゅう》の横須賀中央駅から徒歩約十五分の場所にある三笠ターミナルに集合した。ここからは船に乗って目的地の猿島へ移動するので、集合時間は勿論厳守だ。昼食後にちゃんと間に合ったうちの班を見て、前山先生がほっと胸を撫でおろしていた。(多分うちの班の動向が心配で、午前中も美術館に居たのだと思う)

片道約十〜十五分で辿り着く無人島、猿島は船を下りると入口からビーチが広がる。キラキラと目を輝かせて、後に予定されているバーベキューへ既に思いを馳せて砂浜を駆けだしそうな節の頭を、保城が無表情のままにわし掴みして止めていた。

「——点呼終わったら、クラスごとにガイドさんについてもらって要塞エリアを巡ります。明治の時代から残る国の遺産を学ぶ貴重な機会です。しっかりメモを取るように」

浮足立つ生徒に圧をかけるような主任の東郷先生の言葉も続いて、節が唇をツンと尖らせた。ガイドさんを先頭に、クラスごとに連なって切通しへと入っていくと、島の入口の桟橋近くの賑やかな様子とは打って変わり、重厚感のある雰囲気に包まれる。「明治の時代から残る史跡」は、やはり当然、それだけ人々の様々な想いが重なった場所だ。島の歴史が眠る要塞に足を踏み込むと、言い表すのが難しい違和感が自分の身体を駆け巡る。――それはどこか、〝あの通学路〟を通ろうとした時の感覚にも近しいもののように思えて身体が強張った。

「はぁ〜あっ、勉強勉強って。他にも大事なことといっぱいあるわ。なあ珠杏！　……珠杏？　どうした、もしかして体調悪い？」

「……ううん、そんなこと無いよ」

「無理すんな。見学せずに、俺と入口で待機してても良いんだしさ」

私の異変を察する力が長け過ぎている幼馴染は、昔と変わらない笑顔で提案してくれる。確かに、そうすれば私は「視えなくていいもの」と対峙する心配も無く、今日一日を無事に過ごすことが出来る。

――でも、それは小学校の林間学校の時と同じだ。私の付き添いのために肝試しに参加しなかった節の笑顔や、周囲から節にまで向かう冷たい視線を思い出せば、自然と首を横に振っていた。

「ううん、ちゃんと行く。本当に無理だって思ったら、自分一人で戻るから」

「……珠杏」

「節、猿島来るの楽しみにしてたでしょ？」

「うん、でもバーベキューな？　お勉強は嫌です」

「遺跡の中に、ジブリに出てきそうな景色も、いっぱいあるんだよ？」

「ま、まじ!?」

私が伝えた途端、目を輝かせる分かりやすい男に笑う。「だから行こう」と促すと、暫く逡巡《しゅんじゅん》した節は、徐に私の隣に立った。「珠杏は歩くの遅いからな～」と、揶揄う男はいつものように八重歯を見せながら、私の重い足取りに気付いているのか、歩くペースを合わせた。


木々が鬱蒼《うっそう》と生い茂る日常を逸脱した異空間を、案内係の人と共に歩き始めて数十分が経過した頃だった。こちらに攻撃的な幽霊の姿などは目にしていないけれど、心に次第に負荷がかかる感覚はある。いつどんな姿が視えてしまうか分からない怖さも抱えながら、それでも一歩ずつ前へと足を進めていると、なんとなく、「視える」力によるものとは違う違和感を覚えた。思わず後ろを振り返って、そしてそのまま立ち止まる。

「珠杏？　どうした、ちょっと休憩するか？」

「――筑波さんは？」

「え？　いいんちょーなら後ろで俺が逃げ出さないように監視を、……あれ、居ない!?」

うちの学年は、六クラスある。つまり一年六組のツアー出発の順番は、最後だった。出発前には「最後尾から節のこと見張っておくわ」と笑っていた筈の筑波さんの姿が、私達の後ろに見当たらない。

「どうした」

「委員長が居ない!!」

異変に気付いたのか、私達の少し先を歩いていた保城が駆け寄ってくる後ろで、クラスのみんなはどんどん先へと進んで小さくなっていく。午前中に、美術館で気まずい空気になった保城とは、猿島に到着してからもまだ上手く話が出来ていない。なんとなく目を合わせられず、不自然に視線が泳ぐ。

「お手洗いかな？　いいんちょーが迷子になるとか考えにくいし。ゆっくり歩いてたら追いつくだろ」

節の言う通り、確かに筑波さんに限ってそんな事象はあり得ない。だけどももしも、何か理由があって敢えて逸れたのだとしたら？　また、一人で泣いているのだとしたら？

変に首を突っ込んで、「放っておいてよ」って言われる可能性も、十二分にある。

〝『自分がどうしたいか』を優先して動いても良いんじゃないかな〟

――でも私、筑波さんを今は一人にしたくない。

前山先生の言葉が心で繰り返された時、本音がクリアに浮かび上がる。無意識のうちにリュックをしっかりと両肩にかけ直している自分に気付いた。

「節と保城は、みんなと一緒に先に行ってて。私、筑波さんを捜してくる」

「は!? 待て待て、なら俺らも行くって」

「ううん、まだ大ごとにしないで。見つけたらすぐに連絡するから」

「おい珠杏! でも、お前だって体調が……!」

珍しく焦る節の声を聞きながら、身体を翻す。臆病さを表すように情けなく震える足のまま、それでも思い切り地面を蹴って走り出した。


「え、これは一体、何事!? どうしよう臨ちゃん!」

「……あの馬鹿」

「臨?」

「節。なんか問い詰められたら『全員、腹下してトイレ』って言って場繋いどけ」

「え、めっちゃくちゃ無理アルヨ!? つか待って、臨ちゃんまでどこに行く〜〜!?」


一心不乱に足を前へと動かして、レンガ造りの小さなトンネルまで戻って来た。トンネルの四方は鬱蒼と茂った樹木に囲われ、廃墟《はいきょ》となった空間の物寂しさがひしひしと伝わってくる。

「小晴さん……! 居らっしゃいませんか!? 居たら、返事をして下さい!!」

周囲に誰も居ないことを確認してから、お腹に力を入れてなるべく遠くまで届くように叫んだ。息切れを整えるために肩を上下させながら、こめかみに伝う冷たい汗を拭う。日の光までも遮ってしまう緑の要塞が創り出す暗がりで、視線をきょろきょろと彷徨わせる。すると前方に、すうっと人影が浮かび上がった。

〝貴女、どうして……？〟

「小晴さん！」

白髪の女性の正体に気付いて、直ぐ駆け寄る。そして思い切り頭を下げた。

「わ、私は、筑波さんと同じクラスの宮脇珠杏と言います。先日は失礼な態度を取って、名乗りもせずに申し訳ありませんでした。筑波さんが、居ないんです。小晴さんならきっと、筑波さんの居場所をご存知ですよね？」

存在を見て見ぬふりしようとした私の前にもう一度現れてくれた小晴さんに、今の状況を早口で伝えた。驚きに満ちた表情の彼女は、私の切迫《せっぱく》具合を確かめるように何度か小さく頷いて、口を開く。

〝あの子がまだ小さい頃、此処に来たことがあるの。洋の両親は昔から仕事が忙しくて、私の家で過ごすことが多くて。休みの日に、あの子を連れてきた。船に乗ったり、最初はすっごく喜んでたのに、遺跡巡りが始まると暗闇で怖いって、「もう帰りたい」って大泣き。洋はね、昔からずうっと泣き虫なのよ〟

「……筑波さんが、泣き虫のイメージは無かったです」

思い出を語ってくれる小晴さんに素直な感想を伝えると、どこか寂しそうに大きな瞳が三日月のように細まって目尻の皺が増える。その優しい笑い方は、やっぱり筑波さんとよく似ていた。

〝……洋なら、入口のボードデッキに居るわ〟

「あ、ありがとうございます。直ぐに向かいます！」

答えをくれた小晴さんにお礼を言って、更に来た道を戻るべく足を繰り出した刹那、気道がきゅっと圧迫されて苦しさに思わず自分の胸を両手で押さえる。

〝どうしたの……!? 貴女、さっきから気になってたけれど、凄く顔色が悪いわよ〟

「なんでも、無いです。大丈夫です」

嗚呼。どうして、こんなタイミングで。荒い呼吸を整えるように、肩を何度も上下させて肺になんとか酸素を送り込みながら恐る恐る顔を上げる。

――「悔しい」、「悲しい」、「痛い」、「苦しい」、「助けて」

遺跡の前で所在なさげに彷徨う数々のシルエットが目に飛び込んでくる。鼓膜を強く叩く様々な悲痛な叫びの正体の中には、軍服に身を包んだ青年達も多く存在している。猿島は、「東京湾最大の無人島」と称され、幕末の頃から軍事施設が設けられた主要防衛拠点だった場所だ。それは、――かつて此処で確かに、国のために戦った人々が居た証でもある。上手く消化しきれない想いを抱えてこの世に留まる存在は、〝あの通学路〟で出会った彼らに近いかもしれない。こちらへぶつけられる切実な感情が、痛いほど心に突き刺さる。どうしても平気で見過ごしたりすることが出来ず、重苦しい雰囲気に呑まれて、情けなく取り乱してしまう。頭痛も酷く、身体が不調を訴え始めた。

〝珠杏さん、とにかく一先《ひとま》ず此処を離れて、どこかで休んだ方が〟

「大丈夫です、気にしないでください。は、早く、筑波さんの所に行かなきゃ……」

心配そうに声をかけてくれる小晴さんになんとか笑って、踏み出した筈の足には想像以上に力が入らない。かくんと膝から崩れ落ちそうになる。

——嗚呼。〝また〟私は、何も出来ないままなのだろうか。

心が押し負けそうになった瞬間だった。何かに左腕を掴みあげられ、姿勢をなんとか保つ。その強い引力と、仄かに香るシトラスには既視感があった。

「何してんのお前は」

「……保城……？」

私を支えるように傍に立つ男が、鬼の形相でこちらを見下ろしている。別の汗がたらりと背中を伝った。

「筑波の居場所は」

「あ、それは小晴さんが」

そこまで伝えて、はっとして思わず口を押さえる。幽霊と話をして教えてもらったなんて、信じてもらえるのだろうか。不自然に口を噤むと、舌打ちをした保城が「おい」と苛立ちを隠せていない低い声を出した。

「良いから、さっさと教えろ」

「でも、」

「お前、前に言ったよな。『昔から役立たずだ』って」

保城の指摘がいつのことなのか、私は直ぐに記憶を手繰り寄せることが出来た。

『私は、ただ視えるだけで、何の力も無い。きっと何も、してあげられない。本当に昔から、何一つ上手く出来たことが無くて、いつも、役立たずなの』

通学路の途中で保城に助けてもらった時の、あまりにも情けない私の発言。

『今回、出来ることが無くても。他に出来ることをいつか探せたら、それで良いだろ』

でも、それに対する保城の答えは意外なものだった。だからこそ、鮮明に記憶に残った。

未練を抱えて苦しむ彼らを前に、身体がまた上手く動けなくなっている私に出来ることなんて、本当にあるのだろうか。ぐるぐるとマイナスの思考を巡らせていると「おい」とやたら威圧感のある声が届く。

「お前は、スーパーヒーローにでもなったつもりか」

「……は？」

「今目の前にある全部のことを、隈なく完璧に解決なんか出来るか。自分のキャパ考えろ」

「あんたね、」

「でも。――お前の力で、今度こそ出来ることがあるんじゃねえの」

いつも通り、抑揚も愛想も無い声だ。それなのに、どうしてか背中を押されたように思えてしまう。逸らされることのない強い眼差しに促されて、自分の感情が少しずつ整理される。

一呼吸挟んでから意を決して口を開いた。

「……筑波さんのおばあさんの、小晴さんが教えてくれた。ボードデッキに居るって」

「砂浜の方か。分かった」

即答した男が、此処まで走ってきて暑くなったのか、カットソーの腕を徐に捲《まく》り始める。

そして、伏し目がちのままに「なあ」と私に切り出した。

「お前は、どうしたいの」

「……え？」

「さっき美術館で、『簡単に言うな』って言ってたけど。別にこっちも簡単だとは思ってねえよ。それでも、気になるならウジウジ悩んでないで行動しろとは思ってる」

感情の読めない無表情の男が、吐き出す言葉をただ聞いていた。

「――『全部一人で動け』とは、言ってないだろうが」

ずっと怒っているかのような剣幕のくせに、言葉を咀嚼《そしゃく》したらこちらに手を伸ばしてくれているような、一言で表しにくい難しい形をした優しさを感じられた。

「……筑波さんを、迎えに行きたい。でも此処は、あの通学路と同じで、自分を上手くコントロール出来なくなる。て、手伝って、ほしい」

おずおずと伝えれば、男は険のある顔つきを僅かに緩ませる。そしてまた「分かった」とそれだけを呟いて私のすぐ傍にしゃがむ。

「え、なに」

「早く背中乗れよ」

「は!?」

男の提案があまりにも衝撃的で、驚嘆以外の言葉を紡ぐことを忘れてしまった。この男は、何を言い出すのだろう。

「身体、しんどいんだろうが。ちんたらお前に付き合って歩いてたら日が暮れる。今、節が『全員、腹下してトイレに籠ってる』で誤魔化してるけど、それも限界あるだろ。さっさと行くぞ」

いや、もっとマシな理由は無かったのか。元々眩暈《めまい》のする頭がより一層くらくらして頭痛が止まらず、心臓の動く速さが尋常では無くて、自分の身体が至る所で不調を訴える。

「……お、重いって、後悔しても知らないよ」

「お前、野球部の練習見たことねえの？　いつも節担いで走ったりしてんだよこっちは」

節とのトレーニングと同じだと思われているのも、どうなの。なんだか、一人で葛藤しているのも馬鹿らしくなってきた。

「小晴さん。私達と一緒に、筑波さんの所へ向かってくださいますか？」

〃ええ、勿論よ。私こそお願いしたいわ〃

ずっと私と保城のやり取りを静かに聞いていた彼女に声をかけた。快諾《かいだく》して笑顔を見せてくれた小晴さんに私も笑ってから、深呼吸をする。そして遺跡の方で姿を確認出来る〃彼ら〃に深く一礼をした後、相変わらず私の傍でしゃがむ男に視線を戻す。自分よりも随分と広い背中に手を伸ばしてそっと身体を預ければ、ぐらつく素振りを微塵《みじん》も見せずに男がゆっくりと立ち上がる。瞬間的に保城の香りに包まれているみたいな感覚を思い知ると、いよいよ息をすることとさえ憚られた。

「重いって言ったら殴る」

「なんも言ってねえだろ」

当然、おぶられるのだから体温が直接触れ合ってしまう。その熱を実感する度に心臓の奥がちりちりと焼ける感覚は落ち着かなくてたまらないのに、離れたいとも思わなかった。

「筑波さん……！」

「宮脇さん？」

小晴さんの言う通り、彼女はボードデッキに設置された木目調のベンチに座り込んで、ぼんやりと海を眺めていた。ふらつく足になんとか力を入れて私が大きな声で名前を叫びながら駆け寄ると、弾かれたようにこちらを振り返る。相当驚いたのか、私と目線は合ったまま、微動だにしない。彼女の傍へふわりと寄り添う小晴さんの姿に勿論気付く素振りは見えなかった。

「……宮脇さん、なんで？」

「後ろ見たら筑波さん、急に居ないから。びっくりしたよ」

近づいて、横長のウッドベンチに座る彼女の隣に腰かける。「態々、捜しに来てくれたの？」と赤い目元を誤魔化すようにくしゃりと笑う筑波さんに、首を横に振った。

「捜したのは、私じゃない」

「え？」

「ずっと筑波さんのことを心配してる人に、居場所を聞いたの」

「……だれ？」

「――小晴さんに、教えてもらった」

彼女の名前を伝える時、身体の全部が心臓になってしまったのかと錯覚するくらいの拍動の大きさだった。緊張と怖さで逃げ出してしまいたくなったけれど、力を振り絞って筑波さんをじっと見つめる。驚きが広がっていく筑波さんの瞳が、明らかに大きく揺れた。

「何、言ってるの？　変なこと言わないで。宮脇さん、冗談にしては質《たち》が悪いよ」

「冗談なんかじゃない。小晴さんは、ずっと筑波さんの傍に居るよ」

「――やめてってば……！」

悲鳴に近い甲高《かんだか》い声と共に立ち上がった彼女は、真っ赤に染まる瞳とは対照的に薄い唇に色を失っている。唇の隅をひくひくと痙攣《けいれん》させて「やめてよ」と、もう一度懇願するように言った。こちらを鋭く刺す視線に身体が一気にすくみ上がる。筑波さんの隣で、寂し気な表情を浮かべる小晴さんの姿がはっきりと分かる。

拒絶されることは、怖い。こうして筑波さんと対峙している今この瞬間さえも、足はみっともないくらいに震えているし、逃げ出してしまいたい。

『――お前の力で、今度こそ出来ることがあるんじゃねえの』

この場所まで私を運んでくれた男の声が、木霊する。デッキ下で待つという保城は私を送り出す時も、勿論愛想なんて何一つ無かった。

『お前〝ら〟だけで、迎えに行くべきだろ』

でも、傍に小晴さんが居るという私の話を迷うことなく信じてくれたあの男に、このままじゃ合わせる顔がない。

『喜べ珠杏、クラス一緒になったヨ～！』

逃げてばっかりで、節の真っ直ぐな優しさに憧れて負い目を感じる自分からだって、――

本当は変わりたい。

「……いやだ」

ベンチから立ち上がって、掠《かす》れた声を喉の奥から必死に絞り出した。

「急にこんな話しして、気持ち悪いって思われても仕方無いと思う。だけど、本当なの。私だって、半端な気持ちで、言ってるわけじゃない」

もっと冷静に話をしたいのに。伝えたいことを言い尽くそうとする前に気持ちがどんどん溢れ出て、視界が白く滲んでいってしまう。

「小晴さん、凄く、心配してるよ。前に此処に来た時、洋は泣いてばっかりだったって。本当は泣き虫なのに、今、きっと無理して笑ってるって。小晴さんは筑波さんが苦しんでることも、全部気付いてる」

「何言って……」

私の話に困惑する筑波さんは視線を泳がせて、それからハッとしたように揺れる眼差しで私を捕らえ直した。

「私。宮脇さんに、おばあちゃんの名前言ったことあった……?」

目頭に力を入れて涙を耐えながら、私は必死に首を横に振る。瞬きもせず目を見開いたままの筑波さんは「本当なの?」と、不安に濡れた声で続けた。

「うん。私は、小晴さんのことが視えるし、話も、できる」

「本当に、おばあちゃんが居るの……？」

震えを必死に止めようとしているのが分かる頼りない声に、今度は何度も首を縦に振る。

「居るよ。筑波さん、『大丈夫だから気にしないで』って前に私に言ったけど、やっぱり嫌だよ。どうしても気になるし、放っておけない。私は、放っておきたくない」

勇気を振り絞って伝えたその瞬間、筑波さんは、細い腕を前へと伸ばす。ゆっくりと空を切るように彷徨わせながら「おばあちゃん」と、ただ呟いた。でも、どうしても自分の目では姿を確認出来ないことを思い知ったのか、口元を手で押さえた彼女の顔がみるみる切なげに歪んでいく。

「忌引き休暇って、三日間なの」

「……うん」

ぼろぼろと大粒の涙を零しては拭うこともままならない彼女が、ぽつりと潮風に消えてしまいそうな大きさで呟いた。筑波さんの顔を覗き込む小晴さんの瞳も、きらきらと濡れて輝き始めた。

「たった三日。〝喪に服する時間〟なんて、簡単に言うけど。たった三日間の短い時間で、何をどう整理しろって言うの？」

「筑波さん……」

「どうやって、こんなしんどいこと、乗り越えていけば良いのよ」

簡単に言い表せないほどの大きな痛みに打ちひしがれている彼女に、どんな言葉をかければ正解なのだろう。答えを見つけられずに、その場で俯いた時だった。

〝——洋〟

エコーがかかったようにこもった小さな声が、私にはしっかりと届いた。涙する筑波さんの隣で眉を下げて困った笑顔を見せる小晴さんは、やっぱり筑波さんとよく似ている。

〝ああ、もう。こんなにまた沢山泣いて。泣き虫よっこ、仕方ないわねえ〟

笑い皺を増やして言う小晴さんは、自身のワンピースの袖口で筑波さんの目元を拭うような仕草を見せる。実際には「そうすることが出来ない」ときっと誰よりも分かった上で彼女へ躊躇うことなく与える優しさに、胸が詰まった。

「〝泣き虫よっこ〟」

「……え」

咄嗟に小晴さんが言ったことを繰り返すと、筑波さんは涙に濡れた顔を徐に上げた。

「それ、おばあちゃんが、私が泣くと昔から慰める時にちょっと揶揄って使う呼び方なの」

「……今、筑波さんのことそう呼びながら、涙拭ってくれてる」

伝えた瞬間、「もう、今はそんな泣き虫じゃないし」と不平を漏らしながら、筑波さんが自分で慌てて涙を必死に拭おうとする。

〝ずうっと泣き虫で、その度に私の所へ来てたのにね。いつからか、私の前じゃ絶対に泣かなくなった。こんな年寄りじゃ頼りないって思われたのかもしれないけどね〟

　変わらず筑波さんへ優しい眼差しを注ぎ続ける小晴さんは、どこか寂しそうに微笑んだ。

「筑波さん。小晴さんの前で泣かなくなったのは、何か理由がある？」

「……それは」

　立ち上がった私は、質問に言い淀む彼女へ一歩近づいて、話すことを続けた。

「小晴さんのことが嫌になったから？」

「そんなわけ無い……！」

　それだけはきっぱりと否定した筑波さんは、何かを迷うように視線を彷徨わせた。下唇を噛んで本音を閉じ込めようとする彼女の肩にそっと触れる。

「筑波さん、誤解されたままで良いの？　きっと、絶対に後悔する。ちゃんと小晴さんと話をした方が良い」

「……でも」

「小晴さんの言葉も、私が筑波さんにちゃんと伝えるって約束する」

　そう言い切ると、筑波さんだけではなく小晴さんも目をまじろいだ。驚いた二人の顔を見て、思わず「筑波さんは、小晴さんに目元が似てるね。ずっと思ってた」と伝えると、また筑波さんの双眸が涙で潤んで光った。

「昔から、よく言われてた。私は〝おばあちゃんっ子〟で、二人で買い物に行ったり、散歩してる時、周りからそう言われるの嬉しかった。……おばあちゃんを嫌になるなんて、あるわけない」

〝……洋〟

「でも、私は強くならないと」

まるで自身に言い聞かせるように言った筑波さんは、ゆっくりと過去の記憶を少しずつ話し始めた。

『――おばあちゃん、おばあちゃん。どこ？　居ないの？』

『はいはい居るよ、どうしたの。……あら洋、また泣いてるの？』

『怖い夢見た、家の中にお化け出てきた』

『お化けかあ。どんなお化けか、おばあちゃんに教えてごらん。ほら泣き虫よっこ、こっちにおいで』

昔から、自他共に認める「泣き虫」だった私は、仕事の忙しい両親ではなくおばあちゃんと過ごす時間が圧倒的に長かった。お父さんの実家でもあるおばあちゃんの家は、私達の家のすぐ隣にあって、彼女はそこで書道教室も営んでいた。多くの生徒に囲まれる優しいおばあちゃんが大好きで、幼い頃の私にとって絶対的な味方だった。

――転機は、中学一年生になった時。

『うわぁ凄い雨！』

『あ、うちのお母さんが車で迎えに来てくれるって。ラッキー、洋ちゃんも乗る？』

『え、良いの？　ありがとう〜〜』

吹奏楽部《すいそうがくぶ》に入った私は、小学校とは違う新しい生活に慣れることに必死で、おばあちゃんの家を訪れる頻度も少しずついつの間にか、減っていた。

放課後の練習を終えて昇降口から見上げた空は、大雨が降り注ぐ真っ暗な雲に覆われていた。ごろごろとこちらを威嚇するような雷の足音も近い。土砂降りの中、楽器を抱えて帰るのは億劫《おっくう》だから、家が近所の友人からの提案に甘えることにした。


『――洋！』

『え、どうしたの。今日早いね』

家の駐車場で光るライトに気付くと、車の運転席のドアが開いて仕事終わりのスーツ姿のお母さんが顔を出した。暗がりでも、その表情に焦りが滲んでいることは分かった。

『おばあちゃんがね、道端で倒れたらしいの』

その一言であっという間に血の気が引いた。

『幸い駅の近くだったみたいだから救護室に居るって。迎えに行ってそのまま病院に行ってくるわ。洋は留守番お願いね』

強く地面を打ち付ける雨音に、早口で告げるお母さんの言葉が交ざる感覚に胸のざわめきが増す。

『おばあちゃん、こんな雨の中、どこか行く予定だったの……？』

『……あんたを迎えに行くところだったの。「洋は雷が苦手だから」って、連絡が来てた。おばあちゃん最近あんまり顔色良くなかったし、私がもっと強く止めるべきだった』

不意に、頭を殴られたかのような衝撃が走る。

昔から泣き虫な私は、心が少し弱ればすぐにおばあちゃんに寄り掛かった。友達と喧嘩したり、クラスの男子に揶揄われたり、学校生活のことも勿論だけど、雷やお化けが怖いと泣きじゃくった日だって数えきれない。

――私の所為だ。私が、いつも情けない姿ばかりおばあちゃんに見せてきたから。

母が車を発車させてエンジン音が遠のいていく間も、私は暫くその場を動けなかった。折角、帰り道で避けられた筈の大雨が、少しずつ白の規定のスニーカーにじとりじとりと侵食する。それはまるで、私自身を静かに責め立てるような冷たさだった。

病院での検査から、おばあちゃんの容態はあまり良くないことが分かった。私が中学二年に上がっても、入退院を繰り返す日々が続いた。とうとう書道教室を閉じることになってしまったおばあちゃんに、これ以上余計な負担をかけるわけにはいかない。

『あら洋、態々来てくれたの？　忙しいのにごめんねえ』

病院には、独特の無機質な香りが充満している。壁、床、天井、ベッド。空間は不自然なほどの白色で統一されて、それは決して居心地の良い場所とは言えない。この場所で病気と闘うおばあちゃんに、絶対に、心配なんかかけられない。読んでいた本をサイドテーブルに戻して、こちらを見つめるおばあちゃんがいつも通り笑う。丸い肩の線の細さに今更気付いて、ぐっと奥歯を噛んだ。

『……おばあちゃん、私、新しいクラスで委員長になったよ。なんなら今、推薦も来てて後期は生徒会にも入るかも』

『ええ？　本当？』

目を丸くして問うおばあちゃんは、俄《にわ》かに信じがたいと言わんばかりの顔をしている。笑顔をつくって頷いた。

『私、こう見えて割とクラスで「お姉さんポジション」なんだよ？』

『うそお、あの泣き虫よっこが？』

くすくすと楽しそうに肩を揺らすおばあちゃんの手を握る。力強い書道の作品を沢山生み出してきたこととは到底結びつかないくらい、華奢《きゃしゃ》な細い指だと思い知った。温もりを確かめるように、より一層力をこめる。

『私ね、とっくに泣き虫じゃない。雷もお化けも平気。友達だって沢山居て、自分でちゃんと仲直り出来る。生意気なこと言う男子は、自分でぶっ飛ばせる』

『ちょっと？　最後はいただけないわね』

『だからおばあちゃん。私、大丈夫だよ』

眉を下げて私の発言に冷静に突っ込んでいたおばあちゃんが、最後の言葉でこちらへ真っ直ぐ視線を投げた。

『……洋』

『もう、私のことは心配しないで。おばあちゃんは、自分の身体を一番大事にしてね』

『……ありがとうね』

いつも通り笑って伝えられたと思う。おばあちゃんも穏やかな笑みを浮かべてくれた。

――しっかりしなきゃ。しっかり、しなきゃ。

より一層、刻み付けるように、何度も心で繰り返していた。


「ちゃんと、しっかりしなきゃ。泣いてる場合じゃない。じゃなきゃ、おばあちゃんが、いつまで経っても安心出来ないって、私、分かってるのに」

過去を話してくれた筑波さんは、苦しさの滲む低声を出した。その場にとうとうしゃがみ込む彼女に真っ先に近づいたのは小晴さんだった。「馬鹿ね」と静かに放った言葉が寂し気に揺れた。そして小晴さんが決意を携えた眼差しで私を見つめたのに気付いて、ゆっくりと応えるように頷く。一呼吸置いてゆっくりと筑波さんへの想いを紡ぐ彼女の声に耳を澄ませた。

「〝洋。私が安心出来ないのは、洋がただ、泣いてるからじゃない。いつも『一人で』泣いてるからよ〟」

柔らかな小晴さんの声が紡ぎだす言葉を、ゆっくりと私が音にする。筑波さんは、肩を震わせて、俯いたままだ。

「〝全部のことを、たった一人で頑張らなくて良いの。もっと周りを見て、頼りなさい。自分が『強い』って思いこむことも時には必要かもしれない。でもね、自分が『弱い』ことをもっともっと、時間をかけて何度も知っていくの。じゃなきゃ、誰かと関わって生きることの大切さなんて、きっと分からないままよ〟」

口元を手で覆っても、零れていく嗚咽《おえつ》を止められないほど涙する筑波さんに、小晴さんの大切な言葉の全てがちゃんと届くよう、私も必死に想いを込める。

「〝洋。今こうして、貴女のために傍に居てくれる人達のことをちゃんと見て。自分一人で抱えきれない感情を誰かに預けてみる勇気を出してごらん。泣いても良いし、怒ったって良い。『誰かを頼ったら申し訳無い』じゃなくて、今度はその人達が困った時に、洋が全力で助けてあげれば良いの〟」

伝えながら、私自身もとっくに泣いていた。ぽたぽたとみっともなく涙を垂れ流す私は、どうしても上ずった間抜けな声になる。それに気付いてふと顔を上げ、私と視線を交差させた筑波さんも、また両目からはらはらと涙を零した。

「……今、目の前で号泣してるのは、おばあちゃんなの。それとも、宮脇さんなの」

「ずみまぜん、ごの涙ば、私自身のものでず」

鼻がつまって、殆どが濁音《だくおん》になってしまった。それでもなんとか答えれば、ぱちぱちと瞳を瞬かせた筑波さんが「紛らわしいなあ」と少しだけ眉を上げて笑う。でも相変わらず涙も流し続けている。

「……宮脇さん」

「うん？」

「私、おばあちゃんとお別れなんかしたくない。今ここに居るなら、このままずっと傍に居てよって思う」

「……うん」

「寂しい。本当は、寂しくて、辛くてたまらない……」

ずっと心に秘めていた本音が吐き出された。途方もない寂しさをその細い身体で受け止めようとする筑波さんは、ぎゅっと目を瞑る。彼女から絶えず頬を伝う透明な雫に、ポケットの中のハンカチをそっと押し当てる。

「……こんなことばっかり思ってる私は、全っ然大丈夫じゃないね」

「筑波さんが大丈夫っていつか本当に言えるまで、いくらでも聞くよ」

涙で濡れて歪みきった視界の先で、筑波さんがどんな表情なのかあまりよく分からなくなっていた。でも「ありがと」と確かに呟いた泣き枯れた声は、優しさに満ちていた。

〝——最後に、可愛い洋の泣き顔が見られて、「寂しい」って言ってくれて嬉しい〟

先程までより、一層遠のいた声が鼓膜を柔く揺らす。慌てて筑波さんから視線を動かすと、隣に立つ小晴さんは満開の笑顔を見せた。

「……小晴さん」

〝笑ってる顔より泣き顔が見たかったなんて、今のは洋に怒られそうだから、内緒ね〟

〝珠杏さん。きっと私達のことが視えてしまうことで、さっきみたいにもどかしさや苦しさ、辛さを経験することも沢山あったのね。……それでも、こうして私の言葉を洋に懸命に伝えてくれた。嬉しかった。それから、凄く安心した〟

「安心……？」

〝洋のために勇気を出して走ってくれる貴女みたいな人が、洋の傍に居るって知られて。珠杏さん、本当にありがとうね〟

私への言葉を残した後、筑波さんを慈しむように数秒間見つめた彼女は、空と海が広がる青い世界へ光を纏いながら静かに消えていった。

今まで、私は「視える」ことに無力感や罪悪感を抱くことしか出来なかった。いつも、上手に振る舞えた試しが無かった。きっとこれからだって、「視える」力を前に打ちのめされることや、どうにも出来ないことは沢山ある。でも。——お礼なんて、初めて言われた。私でも出来ることがあったと、少しだけ思っても良いのだろうか。心の傷を撫でてくれるような小晴さんからの優しい「ありがとう」が木霊すると、また涙が零れる。私が筑波さんに預けた筈のハンカチで、今度は彼女に涙を拭われた。

「おばあちゃん、行っちゃった？」

「うん。凄く晴れやかな笑顔だった。もう、私にも視えなくなったよ」

「……そっか。天国に行く前に、会いに来てくれたんだね」

くしゃりと目元に笑い皺を作る筑波さんに頷いた途端、涙が次々と頬を滑っていく。それを見て、筑波さんがふと息を漏らして口を開く。

「……にしても宮脇さんって、泣き虫だったんだね」

「え、それは私の台詞かと」

「うるさいよ」

思わず反射的に言い返すと、目を細めて不服そうに言った筑波さんのハンカチを扱う力が心なしか強まった。

「つ、筑波さん、痛い」

「……ずっとクラスのみんなからどこか距離を置いてたのは、〝その力〟が理由？」

急に直球で切り込まれて、ひゅっと喉が鳴った。此処まで必死だった所為で忘れかけていたけれど、自分の行動や言動を冷静に思い返せば、身体が一気に強張る。

「ごめんね。怖い、よね」

「怖いよ」

震えながら窺うような眼差しを向けると、筑波さんの強い視線にぶつかった。整った双眸には未だ拭い切れていない涙の名残があって、きらきらと光っている。「怖い」と肯定されて、当たり前のことなのに気道が狭まって、呼吸が苦しくなってしまった。

「そうだよね、ごめん」

「――知らないことは、やっぱり怖いよ。だから、ちゃんと教えて欲しい」

俯いて一歩後ろへ下がろうとすると、私の腕を取った筑波さんに行く手を阻まれた。予想もしていなかった彼女の発言に咄嗟に返事が出来ない。

「遅れて入学してきたことも、どこかいつも遠慮がちで周りと一線を引いてるのも、触れないようにするのが暗黙の了解だって思ってた。……でも、気になるの」

「……え？」

「だって、初日に『おしとやかキャラでいく』って保城に啖呵《たんか》切ってみたり、いつも節にはちゃんと的確にツッコミ入れてたり。この子、絶対にもっと面白い子なんじゃないかなって。だから、班別のペア誘ったんだよ？」

ばつが悪そうに口をツンと少し尖らせる彼女を前に、じわっとインクが水の中で溶けていくような温かさが心に広がる。

「……委員長だから、気にかけてくれたんだと思った」

「さっきのおばあちゃんとのこと聞いてたでしょう？　私はそんな出来た委員長じゃないし、その『～してくれて』とか、申し訳無さそうなのも無し。仕方無くじゃなくて、私が宮脇さんを知りたいからやってきたことだよ」

強い視線のまま言い切った筑波さんの言葉で、ふと蘇る。

『――ちょっとだけ捉え方を変えてごらん』

前山先生は、いつだって誰かの行動に感謝をする前に、後ろめたさを抱える私に気付いていたのだと、今になってあの言葉の意味を知る。

「宮脇さんが、言ってくれたのと同じ。無理強いしたいわけじゃないけど、私だって、宮脇さんを放っておきたくない」

「それだけは知っておいて」と泣き通した赤い目元のまま、今日一番晴れやかに笑った筑波さんは、凄く眩しい。頷く私が、感謝の代わりに大量の涙をまた流し始めると、声を出して笑われてしまった。

筑波さんと二人でボードデッキを下りると、直ぐ傍で待ちくたびれたように壁にもたれかかる男の姿があった。

「おせーよ」

「だから、悪かったたつってんでしょ」

「上から謝罪すんな」

対面した瞬間、睨み合う二人を止める隙が無かった。

「今これ、どういう感じなの？　うちの班は、三人して史跡見学をバックレてるやばい状態よね？」

「……一応、節に誤魔化すのは頼んでる」

「え、そうなの？　何それ、不安しかないんだけど」

「『全員、腹下してトイレに籠ってる』って」

「……はあ!?　最悪だわ、女子も居るってのに、もうちょっとマシな嘘は無かったわけ？」

「そもそもお前が原因のくせに文句言うな」

「その仏頂面で正論言われると、ほんと腹立つわ。ごめんなさいね!!」

「謝罪の仕方を勉強してこい」

とうとう勃発《ぼっぱつ》した筑波さんと保城の喧嘩に、やはり口を挟む隙間も無い。この二人は仲が悪かったのだろうか。いや、「喧嘩するほど仲が良い」の類いだろうか。だって私は、数日前に外階段で二人の姿を見かけて——

「……なに」

そこまで順序立てて考えを巡らせている途中、視線を感じた。彫りの深い双眸が、私を容赦なく射貫いている構図に若干気圧されそうになった。筑波さんは少し離れたところで、節に鬼電してくれているけど、未だ繋がらないらしい。

「ひでえ顔」

「……う、うるさいな」

見られていたことに気を取られて失念していた。確かに私は先程まで散々泣いて腫れぼったい酷い顔になっているに違いない。泣き通しても美人が崩れない筑波さんの方が珍しいのだ。分かってるんだから態々言わなくて良いのに、と咄嗟に保城に背を向ける。

「でも最近のシケた面よりは、マシ」

抑揚が無さ過ぎて、右から左へ耳をするするすり抜けていってしまうところだった。

「え?」と思わず聞き返して振り返ると、相変わらず涼しい顔をした男の口端が僅かに片方だけ上がったような気がする。見つめながら、男の名前を呼ぼうとした。

「あーー! 三人居たぁ!!」

よく通る大きな声に、会話の全部を根こそぎ持っていかれる。自然に視線を声の方へ流すと、ぶんぶんと大きくこちらへ手を振った節が居た。まるで飼い主を見つけた犬のように一直線にキラキラの眼差しで向かってくる。

「あいつ……電話出なさいよ」

やれやれと肩をすくめた筑波さんと、保城と、互いに目くばせをしつつ、騒がしい幼馴染の方へと足を繰り出そうとする。

「――この班は全員、どうなってんだアーー!?」

響き渡る怒号で、三人一斉にその場で固まった。明らかに怒りが伝わる野太い声は、うちの高校の生徒ならば、勿論、聞き馴染みしか無い。

「ごめぇん！　上手く撒けなかった！」

「多賀谷、教師を『撒く』とは何事だあ！」

「ギャー、ごめんなさい！　臨がよく使うからつい……！」

「……あの馬鹿、余計な事言うなよ」

「まあ、節にこういう役回りは無理って分かってたわよね」

こちらへ真っ直ぐ向かってくる節の後ろで、般若《はんにゃ》のお面を被ったかのような険しい形相の東郷先生をこの目で確認し、三人で状況の最悪さに頭を抱えた。

「これは、もう確実に反省文ね」

「そうだね……」

「まじで、いい加減にしろよお前ら」

「いやあんたが考えたふざけた理由も一端を担ってるからな？　連帯責任だわ」

「――それ、俺も一緒に負わされるんだけど」

もはや節と東郷先生の終わりの見えない追いかけっこを、少し離れて傍観《ぼうかん》する羽目になった私達の背後から、別の声が届く。

「前山先生……！」

「あのさ、話が違うよね？　多賀谷の見張り役だった筈の三人が先ず失踪するって何事なの？　俺は戸惑いを隠せません」

どこからやってきて、そして一体いつから此処に居たのか。神出鬼没な前山先生は、そう言いつつも特に焦る様子もない。いつも通りの自分のペースで告げ終えて、大きく溜息を吐き出す。

「先生、申し訳ありません。班長である私が、先ず集団を離脱して輪を乱してしまいました。三人は私の単独行動に巻き込まれただけです」

「え!?　ち、違います、私がちょっと、テンション上がって別行動したくなって」

「俺が最初に怠くてサボって寝てたら、こいつらが捜しに来た」

凛とした声で告げた筑波さんに、慌てて否定を続けたら保城と変に言葉が被ってしまった。

全員がちぐはぐに意見する様子を見ていた前山先生は、微笑交じりに口を開く。

「何、多賀谷の所為じゃなかったの？」

「……え？」

「三人が居ないって東郷先生にバレた時。『俺が持ってきたバナナに当たって、全員腹痛でトイレ行ってます』って謝ってたけど」

微妙に「お腹を壊した」設定にオプション付ける幼馴染の苦しい言い訳に、もはや笑いがこみ上げそうになる。

「やっぱりあいつの所為で、この設定が怪しまれたんじゃねえか」

「いや臨ちゃんさ、設定とか言っちゃってるの、もうそれアウトだし。というかそもそも君らアウトだけどね」

両腕を組んだ状態で瞳を眇める先生に三人して閉口すれば、彼は、今度は吹き出すように笑った。そしてお説教中とは思えないような柔らかな表情で、私達と節を見比べた。

「……みんなして庇《かば》い合って、一体何をやってんだか」

「ちょっと前山先生、何を笑ってるんですか‼　あんたんとこのアンポンタンな生徒達をちゃんと叱ってくださいよ‼」

「アー、本当にすみません。ほらアンポンタンなみんな、とりあえず東郷先生のとこ謝りに行くよ」

節の首根っこを掴んで捕獲に成功した東郷先生に数メートル先から叫ばれ、前山先生は覇気の感じられないお辞儀をした。この人は、相変わらず纏う雰囲気が緩すぎる。彼に促されてぞろぞろと節達の方へと近づく途中、「宮脇さん」と名前を呼ばれた。

「はい？」

「喉飴は、必要？」

脈絡なく先生に尋ねられ、目を瞬く。でも直ぐに今日の午前中、美術館で告げられたことを思い出せた。

〝でもまあ、うまくいかなかったら、また喉飴あげるから〟

「――いえ。とりあえず、必要無さそうです」

気恥ずかしさを隠せず、首を横に振りながらへらっと表情を崩して答えた。それを見た前山先生は、「そっか」と、口角を持ち上げる。

「喉飴の消費、また困るなあ」

それは全く困っていなさそうな、どこか弾んだ口ぶりだった。

「ちょっと節、早く！　集合時間迫ってる！」

「えーーん、眠いよお」

「昨日の元気は、一体どこいっちゃったのよ」

「バーベキューの後の片づけで散々コキ使われて、もう使い果たしましたー」

短髪のくせに、見事に芸術の如く爆発しているヘアスタイルのまま、衣笠駅のホームをのそのそと歩く男に溜息を漏らす。

——昨日の校外学習の行程は、「猿島での史跡巡りの後、ビーチでバーベキューをして締めくくる」というものだった。でも、肝心の史跡巡り中にほぼ全員が失踪したうちの班に、お咎《とが》めが無い筈が無い。昨日は、東郷先生の付きっきりの指導のもと、後片付けの大部分を担わされ、更にペナルティとして今日から三日間、早朝にランニングをする羽目になった。彼のお説教は古典的過ぎるけど、悪いのは私達なので仕方が無い。

いつもより一時間弱早い電車に乗るという苦行により、既に心が折れかけている節の腕を引いて、いつもの回り道へ向かう。

「——ちょっと二人とも、遅い！」

「……あれ、いんちょー？」

溌剌とした声が、早朝でまだ人気も少ない道に木霊する。凛とした佇まいの彼女は、後ろで高めのポニーテールを作り、抜け感を演出する後れ毛の毛先はふんわりと可愛らしく巻かれている。こんな早朝でさえ身だしなみをばっちりと整えた筑波さん、——〝よーちゃん〟

が、まさかこの道の入口で待ち構えているとは、想像もしていなかった。

「そうでなくても、こっちの道は遠回りなんでしょ。急がないと東センの集合時間に間に合わないよ」

〝東セン〟とは、生徒達の間でのみ成立する東郷先生のあだ名で、これは決して本人の前では言えないやつだ。左手首に巻かれた腕時計の盤をこちらへ見せながら私達を急かすよーちゃんに、節も私も驚いて上手く反応出来ない。

——昨日のバーベキューや帰り道の時間で、私はよーちゃんと色んな話をした。小晴さんとの思い出話も沢山聞いたし、私がどんな風に「視える」のかも自分が伝えられる限りは伝えた。過去にあったこと、そして今は節が教えてくれたこの回り道を通学路として使っていることも話した。彼女は決して途中で私の話を遮ることなく、全てを静かに聞いてくれた。それだけでも凄くありがたいと感じていたのに。

「言ったでしょ？　私は、宮脇さん、——〝珠杏〟のこと、もっと知りたいって。だから、一回くらいどんな道か案内して欲しいじゃない？」

ふと美しい笑みを浮かべる彼女に、「筑波さんってよそよそしいな。洋で良いよ」と指摘を受けたのも、つい昨日の話だ。上手く言葉が出ないくせに、代わりに瞼が熱く膨らんで涙が出る気配は大いにある。必死に瞬きを繰り返せば、顔を覗き込んできた節が笑う気配と共に、ぽんぽんと私の頭を撫でた。

「いんちょー!!　そこまで言うならば、この超スペシャルな通学路の魅力を、多賀谷がじっくりと解説していきましょう！」

「いやだから時間無いんだってば、五倍速でお願い」

「はいはい五倍速ねおっけ……え、五倍速ってどんなん!?」

よーちゃんの冷静な意見に節が素《す》っ頓狂《とんきょう》な声を上げる構図を、指で眦に滲む雫をこっそり拭いながら見つめているとすぐ隣を風が走った。

「臨ちゃぁぁん!!」

「うるさい」

自転車に跨る保城も勿論、朝のランニングに呼び出されている一人だ。節の大きな声に、訝し気な顔のまま自転車を漕ぐのを止めた男は、この早朝でも涼しげな顔をしている。

「臨ちゃんも、一緒に行こ！」

「嫌」

「え、ありがとね!?　じゃあお言葉に甘えちゃって、後ろに乗ります」

「一言も言ってねえよ、どけ馬鹿」

「照れんなって!!」

厚かましく保城の自転車の荷台によじよじと上ろうとする節と、抵抗する保城の小学生のようなじゃれ合いを見つめていた時だった。

「……え、待って。あいつも、この道使ってるの？」

「え？　ああ、うん。そうだね」

　よーちゃんが急に私に問いかけてきたので素直に頷いた。彼女はまた保城へと視線を投げて、それから思い切り舌打ちを漏らす。

「ど、どうしたの」

「……私さあ、本当はちょっと知ってたの。委員長会議で遅くなった時、補習終わりの珠杏がみんなと違う道から節と帰るの見たことあって」

　気まずそうに視線をそらしたよーちゃんは、頬にかかる髪をゆっくりと耳にかける。確かにあの補習期間、部活終わりの節が声をかけてくれて一緒に帰ることは何度かあった。

「この道に何か、特別なお店があるわけでも無いし、そもそも遠回りだし。なんでだろうって気になってた。珠杏が、補習を理由に放課後みんなと帰ろうとしないのも相まって、余計何かあるのかなって考えちゃって。二人に直接聞くのも憚られるし……だから、二人と一番距離が近い保城に聞いてみたの」

「そう、だったの」

　まさか、よーちゃんにそこまで気付かれていたとは知らなかった。初めて知る話にただ頷くことしか出来ない。

「その時、保城に聞かれたんだよね。『なんで知りたいのか』って」

溜息を漏らした彼女がどこか不満げに目を細めた。

『あんた節とも仲良いし、宮脇さんともよく喋ってるでしょ。なんか知らないの』

『知るかよ』

『じゃあ、あの道に何があるのか探るの手伝って』

『はあ？　なんで俺なんだよ』

『誰にだって話せることじゃないでしょ。あんたしか居ないの。お願い。付き合ってよ』

『……お前は、なんで知りたいの』

『え？』

『ただの中途半端な好奇心なら、くだらな過ぎて話にならない』

『……それは』

『――本当に、宮脇のことを知りたいなら。俺なら、〝あいつから〟直接聞きたいって思うけど』

　私があの日、外階段で目撃した二人の会話をよーちゃんが丁寧に説明してくれる。ただ、保城が放ったという言葉を咀嚼していると、心がちりちりと焦がれるようなもどかしい感覚から逃げられなくなった。

「腹立つけど、全部その通りだなあって思って。だから今、珠杏からちゃんと聞けて今ここに一緒に来られて、嬉しい」

よーちゃんの笑顔に、鼻の奥がツンと痛む。泣き出す予感があまりにも近くて、誤魔化すように瞬きを増やす。

「でもあいつ、やっぱり全部知ってたんじゃない。むかつく奴だな」

「よーちゃん」

隣で節に絡まれる保城を恨めしそうに見る彼女の名前を呼んでしまったのは、殆ど無意識の中でのことだった。

「なに？」

「うん？」

「よーちゃんは、保城のこと……」

「……いや、なんでもない」

私は一体何を確認しようとしたのだろう。こんなの無理やり聞き出すことじゃない。慌てて否定して、未だ何か言いあっている（遊んでいる）節と保城の下へ行こうと促そうとした時だった。

「珠杏、ちょっとスマホ出して」

「……え？　うん」

急に私にそう言って何故か含みのある笑みを見せるよーちゃんの意図は全く分からない。首を傾げつつも従順にスクールバッグから取り出したスマホを見つめると、彼女からＬＩＮ

Eで一枚の写真が送られてきた。

「なに……!?」

写真を拡大した途端、大きな声が出た。咄嗟に口元を覆うと、肝心のよーちゃんは目の前で満足そうな笑みを浮かべている。焦りながらもう一度スマホへ静かに視線を落とす。

——それはあの校外学習の日。横須賀美術館の螺旋階段で、近い距離でお互い向かい合う私と保城のツーショットを上からの画角で写した写真だった。

「なかなかよく撮れてるでしょ」

「な、これ、いつの間に」

「あんた達なかなか屋上に上がってこないから様子見に行ったら、イチャついてんだもん」

「イチャ……!?」

さっきから、目の前の彼女が爆弾しか投げてくれない。いちいち大きく反応してしまう私を楽しげに観察する愉快犯に、為《な》す術が無い。しかもイチャついた覚えは一ミリも無い。その証拠にこの後直ぐ保城とは険悪になって、私は美術館の外に飛び出したという全くよろしくない記憶を持っている。

「知ってる？　横須賀美術館の屋上って、『恋人の聖地』って呼ばれてるスポットがあるんだよ。まあ珠杏はあの日、見られてないけどね」

「……な、なんでそんなこと私に態々言うの」

「え？　ただの世間話だけど」

　けろっと語るよーちゃんが、次にどんな攻撃をしかけてくるのか予想が出来ない。身構える私は、動揺から心臓が大きく鳴っていて、未だ早朝だというのに既に疲労感すら覚え始めた。

「ま、そんなわけで。こうしてめちゃくちゃ楽しんでいるので、私自身は保城に全く興味はありません」

「へえ……そ、そうなんだ」

「安心した？」

「なんで!?　別に、そんなんじゃないから」

「そっかそっかあ」

　満面の笑みで私の頭をあやすように撫でてくるよーちゃんは、完全に面白がっている。顔に熱が集中していくのに気付きながら、どう反論しようか必死に言葉を探すけれど、反応すればするほどに怪しい気もしてどうにも出来ない。

「まあそもそも私、好きな人いるし」

「……え!!」

「高校でも委員長に立候補したのは勿論、おばあちゃんのことが一番の理由だったけど。今は役得だなと思ってる」

「役得？」

「――前山先生と、いっぱい話せるでしょ？」

秋めいた風が朝の挨拶を告げるように軽やかに私達をすり抜けていく途中、よーちゃんはそう言って今度はあどけない笑みを浮かべた。その瞬間、いつもゆるい雰囲気を纏ってやる気は無さそうに見えて、でもいつだって絶妙な距離感で私達を見守ってくれる前山先生を想起する。

「ランニング、前山先生も多分来るでしょ。早朝だろうと身だしなみには気抜けない」

「ええ……!?」

ワンテンポ遅れてただ驚きの声を上げる私にまた笑ったよーちゃんが、「ほら行くよ」と軽やかに走り出す。

「おっ、いいんちょーなんかヤル気充分じゃない!?　俺も元気出てきたぁ！」

「節。私、未だこの遠回りの良いところ一個も聞いてないんだけど」

「おお、そうだった。……あ、ほら見て！　いっぱいぺんぺん草があります！」

「なめてんの？」

前を歩いていく二人の会話に笑って、少し視線をずらすと自転車を押しながら歩く長身の男をこの目に捕らえた。

「……ねえ」

「あ？」

勇気を出して話しかけると一言目から既に腹立たしい男に、眉間の皺が寄る。

――でも、私はずっと、言いそびれていることがある。

「……あの、さ」

「なに」

「み、皆に、私の力のこととか言わないでくれて、感謝してる。……あと猿島でも、色々、ありがと」

自分が想像していた以上に小さな小さな声になってしまった。しかも、目を見ては言えなかった。足下の黒のローファーに目を伏せてから数秒間、保城が何かを言う気配が無い。否《いや》応《おう》なしに続く沈黙に「間違えたかも」と不安が迫り上がってくる。

「……何？　節がうるさくて、なんも聞こえねえけど」

「嘘でしょ!?」

こんなに勇気を振り絞ったのに……！

絶望のままに慌てて顔を上げると、瞳を細めてどこか挑発的にこちらを見る男と視線が絡む。

「嘘」

それだけを言って薄い唇に弧を描く男は、先程の私の言葉をどうやら全て受け止めたらしい。相変わらず、腹立たしいほどに整った顔をしている。

「……あんた、性格悪いって言われない？」

「言われる」

即答してくる所がまた憎たらしくて、体温の上昇を感じながらこれでもかというくらいに睨みつける。でもその瞬間、喉の奥で笑いをかみ殺しきれなかったらしい男の少しだけ解れた表情を目の当たりにした。

「早く行くよ！」と話題を変えてむかつく保城を促す間も、脈の打ち方が明らかに速くなった自分には決して気付かないふりをしていた。

三．その回り道で、悔しさの昇華

「珠杏、ちょっと〝一生に一度に近いお願い〟だから、リーディングのノート写させて！」

「……あのさ、たまに聞くけど何なの、そのお願い」

「おバカ！　〝一生に一度〟って言い切っちゃったら一回しか使えないだろお！」

「なんで私がバカ呼ばわりされるの、しかも厚かましい」

溜息交じりにとんとんと、既にみんなから集めたノートの束を整えていると、うるうるした瞳で節が私に縋りついてくる。

「頼むううう！　今日まじで放課後居残りとかしてる暇ねえんだわ、練習が試合に向けて佳《か》境《きょう》を迎えております！」

「……さっさと写してね、次の授業の後には先生に提出するから」

「神か!?」とほぼ泣いている節が、いそいそと隣の席に座って私のノートを開こうとする。

「——おい自分の席でやれ」

いつもの低く平らな声が節の上に容赦なく落ちる。それでも節は、全く気にしていない。

「冷たいこと言うな相棒！　お前だって俺が練習行かなかったら寂しいし困っちゃうだろ！」

「そうでもない」

「ツンデレめ！　でも臨ちゃんのそういうとこも好きよ」

「早くやれよ」

げんなりした顔で促す男は、自席を奪われて面倒そうに窓際の壁に寄りかかる。目線だけを静かに動かしてそんな男を盗み見た筈なのに、ばっちりと視線が交わってしまって、酷く動揺した。

「……なんだよ」

「は？　なんでも無いですけど」

睨まれたら、もう睨み返すしか無い。そんなどうしようもない自分を何度嫌になっただろう。可愛げの無い言葉をツンとした声で返せば、さほど興味も無さそうな顔の男が「日誌」と短く紡ぐ。

「え？」

「放課後俺が書くから、机に置いとけよ」

「……い、良い」

「は？」

「あ、あんた字汚いし、日誌は私がやる。だから放課後は、さっさと部活行きなよ。日直の仕事は、無駄にデカいんだから黒板消しだけやってれば？」

ぺらぺらと早口で告げ終えるまで、自分が何を言ったかイマイチ分からなかった。でもその後、恐る恐る見上げた保城が、不機嫌マックスの顔で「あっそ」と呟いて立ち去る様子から、私の発言は最悪だったとそこで気付く。気付いても、もう遅い。

「珠杏ちゃん。『日直のことは気にせず部活頑張ってネ！』って、どうして言えないかね」

「……そんなキャラじゃない」

「ほんッと、しょうがねえなあ」

ノートを英文で必死に埋めている途中の節が、やれやれと呆れた顔で笑う。「世話が焼けます」と言われて悔しかったから「節に言われたく無い」と一応反論はしたけれど、心には勿論、後悔が渦巻《うずま》いている。

――高校二年の、初夏を迎えた。新緑が爽やかに色づいて夏服に切り替わった私たちを染め始めている。クラス替えの無いこの高校は、二年六組になってもメンバーは勿論同じだ。

学年が上がる最初の席次は、名前の順で決まる。そうなれば一年の時と同様、私の隣は保城になってしまう。そして、少なくとも一学期中にはきっと席替えは無い。（前山先生が面倒だからに違いないけど、未だに彼は認めていない。）隣の席とペアを組む機会は、なんだかんだ多い。今日の日直もそうだし、授業中に小テストの採点やペアワークをする時もそうだし。その度に何故か、ソワソワと落ち着かない自分が存在する理由は、曖昧《あいまい》にぼやかしている。売り言葉に買い言葉で、可愛げの無い態度を示してばかりの自分にもどかしくなることも、よく分からない。何かの病気なのかもしれない。

「そうだ、今度の三回戦見に来れば？　どよーびだし」

ノートにペンを必死に走らせていた節が、思い付いたように大きな声を出して顔を上げる。ビー玉をはめ込んだような丸い瞳は、窓から差しこむ陽光に照らされて透き通っている。

「そっか。予選始まってるんだもんね。勝ち進んでるんでしょ？」

「二年生バッテリー、自分で言いますがなかなか頑張ってるんですけども！」

「凄いね」

節は幼い頃からずっと野球が好きだ。ポジションが捕手なのも昔からで、それは高校の野球部に入っても同じらしい。――そして、保城はピッチャーとして二年生にも拘らず、夏の甲子園にも繋がる神奈川大会の予選でスタメン入りを果たしていると以前聞いた。当然練習量も増えて、朝練も始まって。節と一緒に登校することは無くなったけれど、私は約束を守って、あの回り道を毎日使っている。

「まあ臨が凄いから、ボールいつも受けてる俺もおこぼれでベンチ入りしてるだけだけど」

「へえ良いじゃん、行こうよ珠杏。『お前は黒板消しだけしてろ役立たずめ』とか言われたら保城もキレるでしょそりゃ。謝るチャンスかもよ？」

「そ、そこまで酷いことは言ってない……」

先程の失言をどこから聞いていたのか、突如現れたよーちゃんが座る私の背中に寄り掛かりながら指摘してきて、より一層その場で項垂れる。

「ごめんごめん」と軽い謝罪と共に頭を撫でる彼女は、どうやら本当に週末の試合に付き合ってくれるらしい。

一年の時の校外学習をきっかけに、よーちゃんと一緒に過ごすことは格段に増えた。

『え、何、なんで洋と宮脇さん、そっちから帰んの!? 駅まで遠くない？』

放課後、二人でいつもの回り道へ向かう姿をクラスメイトに見つかってしまったのは案外早かった。咄嗟に上手い理由を思いつけず固まる私の隣で、よーちゃんはごく自然に自分の右腕を私の左腕に絡めた。

『――そんなの、ちょっとでも長く二人で一緒に居たいからに決まってるでしょ』

あまりにもさらりと、よーちゃんが放った言葉に呆気に取られる私とクラスメイト達は全く同じ顔をしていた。彼女だけが、悪戯が成功したかのような無垢な笑顔で一人勝ちしている。

『え、待って、何それ!! 青春ってこと!?』

『なんか最近、洋、宮脇さんと仲良いと思った～～抜け駆けずるいじゃん』

『悔しかったら、みんなもこっち来れば？』

『はあ？　行くし!!　てか宮脇さん補習もう終わってたの？　言ってよ～～』

『あ、うん、ごめんね。……あの、』

駆け寄ってくるみんなが、私の歯切れの悪い言葉に気付いてその足を止めた。自分の言葉を伝えようとする前の緊張感がよーちゃんにも伝わっているのか、心なしか彼女が私の腕を掴む手に僅かに力を込めた。

『前、折角誘ってくれたのに映画、行けなかったから。今度は、ぜひ一緒に行きたいのですが、よろしいでしょうか……？』

あまりに畏《かしこ》まった結果、最後は敬語になってしまった。ふふ、とよーちゃんが隣で可愛らしい笑みを漏らしたのが分かった。

『そんなのいつでも行こう!?　なんか観たいのある？』

『ちょ、じゃあこのまま映画行く？　横須賀駅まで出ようか！』

『あ。私と珠杏は今からミスド行く予定だったからやっぱり此処で解散ね。じゃ』

『いやいやなんでよ！　じゃあミスド一緒に連れてけ!!』

切り替えの早いよーちゃんにすかさずツッコミを入れるみんなが合流して、いつもの回り道が随分と賑やかになる。――私一人では、想像も出来なかった光景が、眼前に広がっている。

『よーちゃん、ありがと』

『え、何が？』

連なって歩く途中、こっそりと隣の彼女に感謝を伝えたのに、軽く流されてしまった。そのくせに頭を撫でて私を労ってくれる優しいよーちゃんに、やっと笑顔で応えた。


そんな助けもあって、私は入学した時に比べると随分クラスのみんなと会話を交わすことが増えた。放課後に遊びに行くことも多いし、回り道を通ることを無理に周囲に隠そうとすることもなくなった。それこそ、あの道を同じように使う保城が、男子達に理由を問われた時、「なんとなく」で押し切っていた姿を見たことも大きかったかもしれない。

私は「視える」ことを含めて、全てをみんなに隈なく晒すことは出来ない。でも、もう少し肩の力を抜いても良いのかもしれない。少しずつ自分の凝り固まった閉鎖的な考え方が変わってきていることを実感する。

「あ、でも人混みだけど。珠杏は、大丈夫なの？」

「勿論、悪意を持ってる幽霊は怖いけど……視えるもの全部を頑なに遮断して知らないふりする癖、やめようと思って。向こうが友好的ならこっそり会釈したりアイコンタクトしたり、もうちょっと自然に振る舞うことを心がけたら気持ちが軽くて、身体に感じる負荷も逆に減った気がする。人混みも、出来る範囲で頑張ってチャレンジしてみたい、かな」

「え〜〜珠杏、凄いじゃん！」

「ほんと。珠杏は考え方も前向きになったし、教室でもよく笑うようになってきたってのに。保城への態度だけは、な〜〜んでこんなに成長が見られないのかしらね」

「ギャア、いんちょーやめてあげて！　宮脇珠杏選手、致命傷です！」

「あ、ごめんごめん」

　よーちゃんの鋭すぎる見解は、その通り過ぎてぐうの音も出ない。思わず机に突っ伏すと、私の幼馴染が焦ったようにしゃがんで目線を合わせてくる。私の机に顎を乗せて様子を観察してくるのは節のいつもの癖だ。

「ま、とりあえず試合の時間とかまた連絡するから。暫し待たれよ」

目が合うと、にかっと八重歯を見せて屈託なく笑う節につられて口角を上げながら頷いた。

「ありがと。節、頑張ってね」

「さんきゅ。まあ俺は試合は出られないと思うんですけどネ！　あとその可愛い笑顔で臨ちゃんにも同じことを言ってあげれば良いと思います！」

「うるさい」

「まー！　この子ったら、本当にツンデレなんだから！　困っちゃうね」

「節、どうでもいいけどあんた字汚すぎでしょ」

「それほどでもねーよ」

「褒めてないんだわ」

節のノートを見たよーちゃんからの容赦ない感想にも、けたけたと笑っているその笑顔は、いつも明るくて。「少しだけ素直になってみようか」という気にさせてくれる不思議な魔法を隠しているようだった。

――節からの提案通り、土曜日の今日、よーちゃんと共に野球部の予選会場に足を運んだ。この試合を勝ち進めば、神奈川大会のベスト16入りが決定するという注目の一戦で、観客席も多くのうちの生徒で賑わう。想像以上の人混みに、最初こそ不安だったけれど、視えるものの全てを遮断するのではなく、なるべく自然に振る舞うことを心がけた。どうやら、攻撃的な幽霊などは、幸いこの場所には居ないらしい。観客に交じって試合の開始を待つ、この世に存在する者達よりもやや透明な姿がぽつぽつと視える。純粋に今からの試合を私達と同じように待ち望む姿に、ふと身体から力が抜ける。「これは私しか出来ない経験だね」と言うと、よーちゃんが「しみじみ何言ってんの」と可笑しそうに笑っていた。観客の中には「一年の保城君凄いよね」なんて声も漏れ聞こえてきた。その時だけは、平静を保ちながらも、心は少しだけ穏やかじゃないような気もした。

そこからおよそ二十分。既に相手チームがグラウンドでアップを始めている中、違和感が遠くからでも伝わった。

「なんか、うちのチーム変じゃない？　準備も全然始めないし」

「……保城、居ない」

「え？」

自分が抱えた違和感をよーちゃんに言ったのと殆ど同じタイミングで、スマホにベンチ入りしている節からのメッセージが届いた。

《臨が来ない。連絡も取れない》

端的に事実を伝えるだけの、節らしくない言葉から動揺が読み取られた。個人的なメッセージを交わしたことも、電話をしたことだって今まで勿論無かったけれど、今は躊躇っている場合ではない。グループＬＩＮＥからあの男の宛先を追加して、素早く「何してるの、今どこに居るの」と送信する。でもメッセージに返信が来ることも、電話が繋がることも無かった。


結局、保城が姿を見せたのは、試合が後半に差し掛かった頃だった。その姿を見つけて、慌てて観客席から移動して、よーちゃんとブルペンの方へ向かう。

「お前、『寝坊しました』って何？　ふざけんのもいい加減にしろよ」

保城を取り囲むように並ぶユニフォーム姿の面々は、恐らく先輩達だろうか。冷たく放たれたことを聞いて、隣のよーちゃんも「はあ!?」と今にも声を出しそうになっているのを慌てて止めた。二人してバレないギリギリまで近づいて、物陰に隠れながら集団の会話にこっそりと耳をすませる。

「これが、俺らにとってどれだけ大事な試合か分かってんの」

「『自分達二年にはもう一年ある』とか、どっかで思ってんじゃねえの!?」

「お前がスタメン入りして、ここまでの試合出るの諦めた俺らのこと、考えたことあんのかよ！」

「申し訳ありません」

今にも殴りかかりそうなほどの激しい怒りをぶつける彼らに、深く腰を折って頭を下げる保城の表情は分からない。「そりゃ怒るわ……」と呟いて同調するよーちゃんが溜息を吐き出した時、手の中のスマホがまた震えた。

《臨の母さんが、今朝倒れたって。監督が今こっそり聞いたらしいけど、口留めされてるって。あいつこのまま、みんなにほんとのこと言わないつもりなのかな》

苦しさの滲んだ節からの言葉を確認して、直ぐによーちゃんにも見せる。顰めっ面を濃くした彼女が「なんで？」と、もどかしさをそのまま吐き出した。

「結局、全部見下してんだろどうせ」

「お前のこと、チームメイトだと思うの無理だわ。頼むから今日の試合も出んな。帰ってくれる？」

　吐き捨てるように放たれた言葉も、保城はただじっと頭を下げたまま受け止めた。それは、傍で聞いているだけの私の心臓をも貫くような痛みを伴った。あの男がどんな感情を抱えているのかを考えるだけで胸が裂かれるような思いなのに、その光景をただ静観するしか出来ない無力さに打ちひしがれた。


「おはよう珠杏。朝から酷い顔ね」

「おはよう。……よーちゃんも、負けてないよ」

月曜日の朝は、週末の出来事についての会話が盛り上がる生徒達で騒がしい。でも、賑やかな昇降口で鉢あわせた私とよーちゃんは、どんよりと浮かない表情そのものだった。

「だって土曜日のこと思い出したら、ほんっと後味悪くて」

「……うん」

　自分のローファーを下駄箱に仕舞いながら大きく溜息を吐くよーちゃんとは、同じ気持ちだ。灰色の雲がかかったような心は、晴れていく兆しが全く見えない。よーちゃんに続いて大きな溜息を吐き、スクールバッグを肩にかけ直した時だった。

って」


「野球部、土曜日の試合負けたって」

「え、そーなん? じゃあ三年はもう引退?」

「そうそう。なんか二年の保城、スタメン入りしてたのに試合遅刻してきたらしい。寝坊だって」

「え、まじ!? 最悪じゃん」

靴箱を隔てた向こう側から聞こえた男子生徒達の会話に、上靴を取ろうとした手が止まった。

「保城ってなんか、すかしてて前からムカつくんだよなあ。あの顔で野球も上手くて、しかもテストの成績上位者にもよく名前載ってるし」

「お前それ、ただの嫉妬《しっと》だろ」

「うるせーな、絶対ちょっと『ざまあみろ』って思ってる奴居るって!」

げらげらと笑いながら保城のことを話すその会話を聞き終えたよーちゃんが、下駄箱の扉を強く閉めて舌打ちを漏らした。美人な顔立ちの分、迫力が凄い。

土曜日の試合では、既に相手に三点のリードを許していたうちの野球部は、巻き返しを許ったが叶わなかった。ベンチに入ることも許されず、ただじっと一人離れた場所から、フェンス越しに試合の行く末を見守っていた保城の姿を思い出す度にチクリと胸に痛みが走る。

「あーーーー、もう、全部むかつく!!」

「よ、よーちゃん、落ち着いて」

よーちゃんも、どうやら土曜日のことをまた思い出してしまったらしい。

「好き勝手言う奴らもむかつくけど、保城もなんなの!?　ちゃんと事情言えば良いじゃん、何を格好つけてんの!?」

「――邪魔」

お怒りモード全開の彼女を宥めるのに気を取られて、背後に近づいていた長身の男に気が付かなかった。私達の間に割って入った保城は、全く表情を動かすことなく自分の下駄箱を開けて、上靴に履き替えている。

「……あんたさあ。そういう態度だから、余計に買わなくて良い反感を買うんでしょうが」

「だから何」

「ハ？」

「仮にそうだとしても、お前らには関係ない」

容赦なく遮断する男の冷えきった声に、よーちゃんがいよいよ怒りに震えて倒れそうになるのをギリギリ耐えている。

「――ほ、保城！」

そのまま周囲からの視線を気にも留めず、立ち去ろうとする男の背中に思わず声をかけた。

「……なに」

「あの、さ」

交わった視線の先の精悍な顔立ちからは、感情を読み取ることが出来ない。どこか、敢えてそう努めているのではないかと勘ぐりたくなるくらいの隙の無い仏頂面と、彫りの深い双眸から放たれる鋭い眼差しに身体が怯む。

「なんも無いなら、行くけど」

「あ」とか「う」とか情け無い、言葉にもならない音を出すだけの私を暫く見つめていた男は、そのまま痺《しび》れを切らしたかのように教室へと向かってしまった。

「はーーーー！　あの男なんなの!?　面倒くさ」

——私は、一体、あいつに何が言いたかったのだろう。

よーちゃんが「うちらも行こ」と疲弊しつつ促してくれる間もずっと、懸命に保城に言うべき言葉を探していた。


「ありゃ？　臨は？」

昼休みに入って十分後、購買で勝ち取ったらしいパンと紙パックのカフェオレと、それから沢山のおにぎりを抱えた節が、目をまんまるにして私の隣の席へ近づいてきた。

「昼休みになった途端、居なくなった」

「おいおい臨ちゃん、お昼はいつも俺と過ごす約束だろお！」

どかっと保城の席に座った節は、目が合うと眉を下げて困ったように笑う。そして抱えていた戦利品を机に綺麗に並べ始めた。どうやらあの男への差し入れだったらしい。

昼休みの教室は、仲良しのグループでまとまってランチタイムに入るクラスメイトで騒がしくなっていて、よーちゃんも私の前の席に同じタイミングで腰掛ける。

「臨はああ見えて、人の気持ちに敏感だからさ。俺らに気を遣わせると思って、わざと消えたんだな」

土曜日の出来事は、どうしたって耳に入ってきてしまう。クラスのみんなも、渦中に居る保城との距離感を掴みかねているような印象だった。それは、私も同じだ。隣の席のあの男に、結局何の気の利いた言葉もかけられていない。

「……保城のお母さんは？」

「入院して、今は容体も安定してるらしいけどなあ。でも暫く部活は来ないって。あいつのとこ、父さんは仕事が激務だし、弟も妹もまだ小さいしな。でもそんな保城家の事情を何も知らない野球部の奴らからは、より一層反感買ってるヨ」

「あの男、なんでそうなの？」

よーちゃんが苛立ちを隠さないまま、お弁当箱の玉子焼きをお箸にぶっ刺す。その拍子に大きく長く息を吐いた節は、右頬をぴったり机にくっつけて項垂れた。

「もう俺が、校内放送でもしてやろうかなあ。あの日は、臨のお母さんが倒れて、病院に付き添ってたから遅刻したのは仕方無かったんだって」

「言っても良いの？」

「……土曜日、試合の後に臨に問い詰めたら『他の奴に言ったらしばく』と言われました」

「じゃあダメじゃない」

私が指摘すれば、節は「えーん」とお道化《どけ》たような泣き声を上げる。でも、その表情からは、どうにも消化しきれない歯がゆさを抱えているのが分かった。

『お前のこと、チームメイトだと思うの無理だわ』

集団から弾かれるきっかけなんて、本当にあまりにも簡単で小さなもので。

『なんか一緒に居るの怖いね』

同時に、昔自分が受けた言葉がとても鮮明に再生される。あの日、ただじっと頭を下げ続けた男の姿を思い出したら、やはり居ても立っても居られなくなった。

「……節!!」

「うお何、ビビった」

「明日部活、朝練ある!?」

「……え、なに。試合終わったばっかりで、今週は無いけど」

「ちょっと協力してほしい」と、隣の席に座る幼馴染に真剣な顔で伝えれば「なに～？」とニヤニヤ楽しそうに笑いながらも、ちゃんと耳を傾けてくれた。

「保城！」

「……は？」

仏頂面を携えた男が、朝の静寂に包まれた道を颯爽と自転車で通り過ぎようとしたところに、慌てて声をかけた。自転車に跨ったまま、装着していたイヤホンを片方外した男は、虚をつかれたように間抜けな顔で固まっている。

「……何してんの」

「見たら分かるでしょ」

「分かんねーけど」

「あ、あんたのこと、待ってたんでしょうが」

ぽかんと口を開いた間抜けな表情はちょっと珍しい。私の言葉を理解しようとしている男は、やはりよく意図が分からないのか眉を寄せて首を傾げている。

「……保城」

「なに」

「ちょっと、あんたの自転車貸して」

「は？　なんで」

「私が運転するから」

「はあ？　……おい……！」

全く話が掴めないであろう男に近づいて、無理やり運転するポジションを張り手で奪う。

呆気に取られて隣で立ち尽くす男のことを、気まずさを隠すように睨み上げた。この道を使う生徒の姿は、私達以外には見当たらないから、つい時間を忘れそうになる。スマホの時計を確認し、始業時刻まで猶予はそこまで残されていないことに気付く。

「早く後ろ乗って……！　あんまりもう時間無いんだから」

「お前なんなの」

「……なんなのって？」

「この奇想天外《きそうてんがい》さ、何。もしかして節が乗り移ってんの？」

「物騒なこと言わないでくれる？」

考えただけで怖かった。脳内で、おバカな幼馴染が満面の笑みでこちらに手を振っている。

でも、とにかくこの男を此処から連れ出さないことには、何も始まらない。

「良いから、早く！」

ぐい、と男の左腕を引っ張って無理矢理に自分の腰元へと誘導する。「私のこの行動、もしかしなくてもやばい？」と一瞬不安になりながらも、もうここまでやったんだからと振り切った。そうして、後ろの荷台に戸惑いながらも腰を下ろした男の重さを感じた瞬間、思い切りペダルを漕ぎ始めた。


「……はい」

「何」

「……か、からあげサン全種類ですけど」

コンビニの駐車場の端に自転車を停めて、サドルに腰を下ろす男に袋を突き出した。中に入れられたものは、ほかほかと熱を保っているのが分かる。〝からあげサン〟という小ぶりな唐揚げが五つ入ったこのコンビニの人気商品は、夏季限定フレーバーのホットチリや塩レモンも販売されていた。確かにこのコンビニは保城の言う通り、朝でもホットスナックのラインナップが豊富らしい。

受け取った保城が、袋の中身を確認して「え、なんで」と当然の疑問を口にする。

「好きなんでしょ?」

「……いや、まあ」

「あのさ」

「うん」

「と、とにかく、いっぱい食べた方が良いんじゃない!?」

「……は？」

——嗚呼もう、私は何を言っているの。

『臨を、元気付けたい？』

『だってなんか、全部自分の中に押し殺すのって、しんどいでしょ』

『だから、からあげサンをプレゼント？』

『……食べるのが一番、元気出るじゃん』

『それはそうだね。珠杏ちゃん可愛いね』

『バカにしてんの？』

節に提案した時は、もっと素直に言えていたのに。「いっぱい食べろ」じゃなくて「元気出して」って言いたかっただけなのに。自分の駄目さ加減に気付いて頭を抱えていると、袋を握りしめたままの保城が「なあ」と低い声で言った。

「なんでしょうか」

「自転車、運転変わったのはなんで」

「だってなんか……」

「なに」

「なんか、一応、〝あんたを励《はげ》ます会〟なのに。私が偉そうに後ろ乗るのは違うじゃん……」

苦しく吐き出した本音を聞き終えた男と、気まずすぎる沈黙が生まれる。何の反応も返ってくる気配が無い。何これ、もしかしてどん引きされてる？　まだ道の先では、一緒に〝励ます会〟を企画した節がスタンバイしてるのに。先行きの不安が大きくなり、自信を失う私にふと小さな笑い声が届いた。

「……なんだよそれ」

そして、眉を少し下げて視線をずらした男が見せた可愛らしい笑顔に、今度は私が固まってしまった。驚いて凝視する私に気付いた男が、直ぐにまた無表情に戻る。

「……保城って、笑えるんだ」

「うるせえわ」

「そういうの、ちゃんと、見せなよ」

私の声がいつもと違ったからか、精悍な顔立ちの男が再びこちらに視線を向ける。意外そうに目をまじろぐ保城を見ていたら、何故だか気持ちが緩んで、瞼が熱を帯びて膨らむのが分かった。

「悔しいとか、しんどいとか、ちゃんともっと言いなよ。自分の中で全部、完結させようとしないでよ」

「……おい……？」

「『俺が悪い』って、全部自分一人で背負うことは確かに、凄いことだと思うけど。誰かには本音吐き出さないと、保城の心にばっかり負担がいくし」

言葉を吐き出しながら、土曜日に先輩達の前でじっと頭を下げる男の姿が脳裏に浮かぶ。

『お前のこと、チームメイトだと思うの無理だわ』

嗚呼そうだ、私。あの時、いくら責められても何一つ言い訳をしなかったこの男に。

「傷付いた時は、素直に言って良いんだよ。『仕方無いことだ』って、無理やり納得させるんじゃなくて、縋ることも別に、格好悪くなんかないよ」

これを、言いたかった。

――『なんか一緒に居るの怖いね』

あの時の自分にも、本当はそう言いたかった。

「自分のせいだから」って、簡単に諦めてしまわなくても良いんだよって。私は、自分が抱える力が周囲にもたらす恐怖を思い知って、理解してもらうことを自分から諦めてしまった。

〝怖がらせてごめんね。でも、これが私だから。もっとちゃんと知ってほしい〟

どんなに格好悪くて、言い訳がましく聞こえたって、本当は、アキちゃんにも、クラスのみんなにもそう言いたかった。

「……それにあんた、私には散々好き勝手なこと言っておいて、なんなの」

「は？」

「『ウジウジ悩んでないで行動しろ』とか、『一人でやらなくて良い』とか」

白くぼやけていく世界のまま、なんとか必死に頼りない声で言葉を繋ぐ。

『気になるならウジウジ悩んでないで行動しろとは思ってる』

『『全部一人で動け』とは、言ってないだろうが』

校外学習のあの日、受け取った言葉は忘れられない。だって、差し伸べられた手が、凄く嬉しくて心強かったから。

保城だけじゃない。いつだってお節介なくらいの優しさを真っ直ぐにくれる節や、私のことを諦めずに知りたいと言ってくれたよーちゃんみたいに。――私だって、大事な人が苦しんでいたら、ちゃんと一緒に立ち向かえる人になりたい。私は、自分の大切な存在の中にとっくにこの男を含めている。そんな気持ちも今更実感しながら、今にも瞳から落っこちそうな涙を早々に拭い取る。

「だからそっくりそのまま、返してやるわ。勝手に全部、一人で抱えて我慢しないで。諦めたりしないで。『関係ない』とか突き放されても、こっちだって諦めないし」

保城に、昔の自分が抱いていた孤独を感じてほしくないなんて、それこそ私の自己満足でしかないかもしれない。勝手に自分のことと重ねて泣かれて、いよいよ迷惑がられているかもと思いながらも、涙が頬を伝うのを止められなかった。

でも、やっぱり嫌だ。どんなに暑い日も寒い日も、毎日節と部活に向かって、グラウンドで直向《ひたむ》きに練習に励む姿を知っているから。大切に築いた筈の場所を、簡単に失わないで欲しい。

「……泣くのは無しだろ」

目の前まで近づいてきた男が、どこかいつもと違って気まずそうな表情で顔を覗き込んでくる。

「泣いてませんけども」

「あー、うん。あっそ」

ず、と勢いよく鼻をすすって睨みを利かせると、想像よりも随分と柔らかい顔をした男が溜息を漏らす。

「……例えば、誰かに本音吐き出したい時」

「うん？」

「お前に言えば良いの？」

「え……!?」

尋ねられたことに驚愕《きょうがく》してしまった。ぎょっと目を大きくしながら、冷や汗が噴き出た。

確かにさっきの流れは「私に言ってほしい」と伝えているも同然な気がしてきた。涙が止まった代わりに、勝手に顔に熱が帯びる。とんでもないようなことを口走った気がしてきて
「いやそれはどうかな!?」と不自然に目を泳がせた。

「なんなんだよお前、わけ分かんねえ」

「いやそんなこと言われても」

「もう良いわ、早く励ませ俺のこと」

「……あんた途端に厚かましくなったね」

荷台にちょこんと腰を下ろした男は、ちゃんと私が手渡したからあげサンが沢山入った袋を抱えて、自転車を運転するよう仏頂面のまま促してくる。

「お前もっと気合い入れて漕げよ、スピードおせえ」

「あーはいはい」

「あとあんまりガタガタした道通んな、乗り心地悪いしケツ痛い」

「ちょっと！　注文多いな!?」

ぐるんと勢いよく後ろを向いて注意がそれた瞬間、前方に転がっていた小石をタイヤで思い切り踏んだらしく、急にハンドル操作が難しくなる。

「――――珠杏!!」

自転車ごとバランスが崩れそうになると、背後から今まで聞いたことないくらい焦りを含んだ声で名前を呼ばれた。そして後ろから逞しい腕が胴に巻かれて、同時にふわりと柑橘系の香りが鼻腔を擽った。

「……下手くそ、ふざけんなよ」

「す、すいません」

舌打ち交じりに吐かれた言葉は紛れもなく保城のものだ。私をまるで背後から抱きしめるように支える男が、片脚を地面について自転車が転倒するのも防いでくれたのだとそこで知る。はあ、と安堵したような息遣いが耳元で感じられて、お腹に回った腕の力強さも知って、体温が沸々と上昇していくのが分かる。

——今、この人、〝珠杏〟って呼ばなかった？

余計なことばかり気付く自分の顔は相当真っ赤だと思う。「運転変わるから、どけ」と声をかけてきた男も、私の異変に気付いたらしい。口を閉ざしたまま意外そうに瞳をまじろいだ後、愉悦《ゆえつ》の溶けた笑みを浮かべていたのは腹立たしかった。

「お～～い!!　そこのツンデレな二人！　いつまで僕のことを待たせるんですか!?」

朝っぱらから元気いっぱいの節が、全速力で飼い主を見つけた子犬のように私たちに駆け寄ってくる。

「ごめん節、ちょっと手こずった」

「……何、お前も居たの」

「居たよ!?　臨ちゃんのために、あっこの自販機で当たり出すんで見守っててくれませんか!?」

鼻息を荒くして、節曰く〝当たりが出やすい〟自販機へ視線を誘導される。勢いよく向かおうとする男を「嫌だ」と、保城は残酷にも一蹴した。

「臨ちゃん!?　僕だって臨ちゃんを元気付けたいんですけど!?」

「……節」

「……うん？」

「今日の放課後、帰る前に野球部に顔出す。暫く部活に出られないことも含めて、ちゃんと説明する」

「え……」

自転車に跨って器用に止まる男は、前を向いたまま低い声で言葉を繋げる。

「あの朝、母さんが倒れた時。俺は一瞬、試合のことが頭から抜けた。母さんを放って行く考えは一ミリもなくて、気付いたら救急車に乗ってた。……それは俺が野球じゃなくて、家族を選んだ証拠だと思った。だから、どれだけ責められても、必死にあの試合のために練習してきた先輩達からしたら当たり前のことだし、仕方が無い」

平淡な声で、珍しく多く紡がれる言葉に、節と共に耳を傾ける。

「何を言っても、言い訳にしかならない。それが分かってたから、本当のことを言う必要は無いと思ってた。『何も説明しないこと』が最善だと思いこんで、それがむしろ周りにとって失礼かもしれないことも、考えられてなかった」

「臨、」

「……でも、そんな簡単に全部を諦めなくても良いらしいから」

保城が私の方へと視線を向けて、少しだけ表情を解す。強い決意が込められたような真っ直ぐな眼差しから、目を逸らせなかった。

「だから、謝罪を含めて受け入れてもらえるかは別にして、ちゃんと正直に全部説明する。……節。お前が、俺のこと見守ってて」

歯切れ悪く、言い出しにくさを全面に押し出した言葉たちが、青々と茂る緑が作り出す木漏れ日に優しく溶けていく。

「当たり前だろお！　一生見守ってる!!」

「うざい暑い」

節のせいで感動的な雰囲気は全て台無しだったけれど、抱きつこうとする節の顔を掴んで距離を取る保城は、分かりづらく、ちゃんと口角が上がっていた。

「大体な、臨ちゃん！　俺は怒りたかったぞ!!」

「なんで」

「なんでじゃないだろ！　困った時、親友の俺にくらいはちゃんと事情を言え！　お前はいっつも気を遣いすぎ！　言い訳になるとか知らん、とりあえず俺へのホウレンソウを忘れるんじゃないわ！」

「……お前に話したらどうなんの？」

「え!?　ウーン、正直何か解決出来る自信は全く無いが、ずっと臨ちゃんの傍に居る。あ、でも家事とか、手伝えることもあるかもしれないだろ！　あれ、そうなると先ずは保城家へのご挨拶か……？　照れるなあ!!　俺が嫁ぐ設定で良い？」

「お前は何の話をしてんの？」

　両頰に自分の手を当てて、まるで乙女のような恥じらい方をする男を、保城が冷めた表情で見つめている。でも何も気に留めない様子の節は、徐に腕を組んで途端に険しい顔になった。

「まあ大体な、俺は先輩達にも怒っている。勿論、気持ちは凄く分かるが、臨が来ない動揺を引きずって試合もストレート負けしちゃうんだから、うちのチームどんだけお前頼りなんだって話だ！　そのくせ臨のことだけ責めて、けしからん！」

「それ、先輩達の前で言ってみて」

「んんん言ったら俺、後で集団リンチかな!?　でも愛する臨のためなら言う!!」

「いや、面倒なことになるから絶対に言わなくて良い」

　一刀両断されて、がーん、と効果音を自分で付けて節が分かりやすくショックを受けている。先程の勢いを削がれた節の様子に、保城がはは、と声を出して笑った。その笑顔を、節と二人して顔を見合わせてから、まじまじと目に焼き付ける。

「……ちょっとさあ。臨ちゃんの満面の笑みが見れるとか、この道までで〝超最強ルート〟じゃね？　俺ってば天才なのよ」

「あの人、ずっと笑ってれば良いのにね」

「お前ら置いていくからな、歩いて来い」

結局、誰が自転車に乗るかで揉めた結果、三人共予鈴に間に合わなかった。校門にもうそろそろ辿り着くというところで、校舎を囲う外壁にもたれかかる人影を見つけた。

「――ちょっと。遅いよ、明らかに遅刻ですが？」

「えええええ見逃してよ前ちゃん！」

我が二年六組の担任である呆れ顔の前山先生に、節が必死に懇願している。

「……ほら。裏門のカギ開けてあげるからおいで。正門は東郷先生が待ち構えてるし、ちゃんと隠れて教室まで行ってよ？」

「神かあ!?」

ぱっと表情を明るくして喜ぶ節の後ろで、状況を掴めていない私と保城に「何ぼうっとしてんの」と先生が声をかけてくれる。そして、困ったように眉を下げた。

「委員長に感謝しなよ」

「え？」

「『今日はもしかしたらあの三人は朝のＨＲに遅刻するかもしれないけど、見逃してほしい』って何回も頭下げてくるし。有無を言わせない威圧感も凄いし」

「いんちょ～～～」

「多賀谷うるさい、近所迷惑」

今日の私と節の作戦を把握済みのよーちゃんからのフォローを知って、心に温かさが浸み込む。今日のお昼、〝デキる女〟過ぎる彼女には、絶対に食堂で何かデザートをご馳走しなければ。

「そうだ、臨ちゃん」

「臨ちゃんって呼ぶのやめろ」

「今日、俺病院にお見舞い行くつもりだけど何のお菓子持っていこうか。何が好き？」

「要らないし、来なくていい」

「あのね、臨ちゃんじゃなくてお母様のことを聞いてんの」

「え、俺も行きたい！　俺はお菓子何でも好き！」

「うん、多賀谷はちょっと黙っててね。じゃあ臨ちゃん、今日の放課後、部活寄った後に職員室来るように」

「……なんで」

「いや、一緒にお見舞いの品を買いにいくからでしょうが。……ちゃんと待ってるから」

先生は、どこまでを見通しているんだろう。「待ってる」という言葉には、何かこれから野球部のみんなと向き合おうとする保城への激励も込められているような気がする。

「めんど」と呟きながらも抵抗しない男に、前山先生は私達の何枚も上手な、それでいて満足そうな笑顔を見せた。

前山先生と別れて、無事に一限目が始まる前に教室へ滑り込んだ私達を、険しい顔をしたよーちゃんが出迎えてくれた。

「ホントにしっかり遅刻してきてるし」

「よーちゃんごめんね、ありがとう」

「それで、うまくいったの」

「バッチリ!!」

節の返事に「そう」と冷静に頷きながらも、胸を撫でおろすよーちゃんの優しさに笑顔が漏れる。

「………つか、さっきから何この香ばしい匂い!? 保城あんた朝から何をそんな貪《むさぼ》り食ってんのよ、もっと遠慮してくれる!?」

「からあげサン」

「品名を聞きたいわけじゃないんだわ」

全く悪びれない保城が正直に答えて、ぱくぱくと次々に唐揚げを食べる様子を盗み見ながら「可愛い」なんて思ってしまった私は、とっくにもう重症だった。

四．その回り道が、苦しさの入口

「おー臨おはよ！　って、お前……！　靴箱の中にラブレターですか!?　なんつー古風な素敵な」

いつも通りの朝、節と昇降口に入ると、仏頂面の男が可愛らしい手紙を手に立っていた。節の興奮具合に特に何も反応せず、それをただバッグの外ポケットに入れた男は無言で靴を履き替える。

「ちょっと臨ちゃん。流石に何か反応してくれるカナ？」

「……節、今日の昼飯先食ってて」

「あ、はい」

従順に返事をする節の横を通り過ぎた男と、真正面から視線が交わった。今しがた目にした手紙に気を取られて、「おはよう」さえ上手く出ない。

「なに」

鋭い眼差しを向けられて、羨ましいほど綺麗な二重幅を保つ瞳に射貫かれてしまえば、私の考えてることなんて簡単に見通されてしまう気がする。

――〝昼休みに、その手紙の相手に会うの？〟

「は？　別に何も無いけど」

「……あっそ」

心の中でならば、確かめたいことをちゃんと言葉に出来るのに。私の声は、何一つ上手くそれらを音にしてくれなかった。可愛げなんて微塵もない、いつも通りの私の反応にいつも通りの返事を低く平らな声で落とした男は、スタスタと教室へ歩いて行ってしまった。

「あ、珠杏と節。おはよ……って暗!?」

「……よーちゃん、おはよう」

「何このブラックな空気」

「いんちょー。察してやってくれ」

下駄箱で立ち尽くす私の後ろから挨拶をくれた今日も今日とて美しいよーちゃんが、どんよりしたオーラを感じ取って訝しげな顔を向ける。

「あー……もしかして、また？」

「今月多いよなあ」

「そりゃあだって、高校最後の夏だしねえ。色々イベントあるじゃん？」

「マ！　浮かれて！　ボクらは受験生なのですよ!?」

「受験とか死ぬほどしんどいことあるから、今のうちに恋愛をやる気の源にしておきたいんでしょ」

「いんちょー良いこと言うね」

「あと私、今学期は委員長じゃなくて体育委員な」

「そうだった、でも〝いんちょー〟って言いやすいんだよな」

「まあなんでも良いけど」

――私達は、あっという間に高校三年生になった。六組のメンバーは勿論そのまま、担任も変わらず前山先生のまま。体育祭や文化祭、多くの行事を通してクラスの仲を深めてきたという実感は勿論ある。

ちなみによーちゃんが体育委員になったのは、六月に開催された体育祭が関係している。高校最後の体育祭でクラスを優勝に導いて、前山先生に存在をよりアピールしたいというガッツ溢れる理由は、勿論私しか知らない。でも、ちゃんと総合優勝を果たして結果を出したよーちゃんの「恋愛をやる気の源にしたい」という素直な言葉がより一層心に突き刺さる。

クラスの仲の良さがアップする一方で、私とあの男の仲が深まっているかは、甚だ疑問だ。というか最近に至っては、むしろ関係性が後退しているのではとさえ思えてきて怖い。

「やっぱりあれかな、引退したし。あの男今まで部活一筋だったけど、それ理由に断れないし。チャンスあるかもって、女子がソワソワしてんのかもね」

――昨年の予選大会での出来事を、どう収束させたのか詳細は聞いていない。

『色々、めちゃくちゃ怒られた』

あの男はそれだけを伝えながら、言葉に反して穏やかな笑顔だった。でも引退した先輩達が時々部活に顔を出して一緒にプレーする姿や、食堂で野球部みんなで昼食をとる姿を見かけることもよくあった。あの男は、ちゃんと自分の大事な居場所を必死に守ったのだという
ことだけは、分かっていた。

そうして迎えた今年の地方大会は、節もスタメン入りを果たしていて、よーちゃんと毎試合応援へ駆けつけた。でもその道は決して簡単なものではなく、ベスト16の壁を突破したところで、惜しくもうちの野球部は敗退してしまった。

夏本番を迎える前に引退が決定し、もうグラウンドで凹凸バッテリーを見ることは無いのだと実感して。悔しさなのか寂しさなのか自分でもよく分からないままに、何故か泣きながら〝からあげサン〟を大量に二人に手渡した。そんな私を可笑しそうにどこか清々しい表情で見ていたあの男が、キラキラと輝いて映ったのは、決して私だけでは無いということだ。

「まあ、臨は元々モテるしな」

「こら節、追い討ちをかけない」

「あ、ごめんな珠杏!?　大丈夫、お前も可愛いよ」

「……身内票、嬉しくない」

「あらま」

廊下を歩いている時にフォローしてくれる節を跳ね除けると、奴は苦い笑みを浮かべていた。これは完全に八つ当たりだと、胸に重い罪悪感がのしかかる。

「ちょっと!!　元気出しなさいよ珠杏!」

「いだッ!?」

六組の教室へ向かう階段の途中でよーちゃんに思い切り背中を叩かれて、思わず声が出た。愛の鞭《むち》にしては力が強すぎる。じんじんと痺れる背中に涙目になると、「珠杏は、その辺の女子よりアドバンテージあるんだから自信を持て」と続けて鼓舞される。

「あどばんてーじ?」

「ほら、この間もオープンキャンパス行ったでしょ。休日に会うなんて普通は出来ないじゃない?」

「おお!!　それは確かに、あどばんてーじだな」

「節あんた、絶対意味分かってないでしょ」

「えーん」

「しっかりしろ受験生!」

「あれ、いつの間にか珠杏じゃなくて俺が怒られてるのだが?」

二人が繰り広げる軽快な会話の中にもあったように、三年になると否が応でも「受験」や

「進路」という単語が付き纏う。誰もが経験する人生の岐路だと言われても、「そうですか」と甘んじて受け入れて、未来にしっかりと思いを馳せられるほど、まだ私達は大人じゃない。将来のことを考えるなんて空を掴むような作業から逃げ出してしまいたくなる時もある。

それに、途方もない数の選択肢がある筈なのに、進路希望調査票は、狭いスペースに第三希望までを絞って提出することを容赦なく要求してくる。不安を抱えたまま、とりあえず自分の学力でも無理なく行けそうな大学の名前をただ三つ、書き綴《つづ》った。

『自分の目で、大学っていう場所を一回見て来てみたら？』

前山先生は、私の戸惑いや迷いを見透かしたように、オープンキャンパスのチラシをくれた。

『いやいや……！　私には無理です』

それが神奈川県内の難関国立大学のものだと分かって、慌てて突き返そうとする。でも、頬杖をついたままの彼に、ゆるい笑みを浮かべながらしっかり拒否された。

『宮脇さん優秀だし、手の届かない場所じゃないと思うけど』

『い、いやあ……』

『まあ、とりあえず行っておいで。記念になるかもしれないし』

前山先生の策にまんまと乗せられてる気もするけれど、昼休みによーちゃんを誘うとすんなり快諾してくれた。そして話を傍で聞いていた節が自分も行きたいと名乗りを上げて（多分、楽しいお出かけと勘違いしている)、一緒に昼食をとっていた仏頂面の男のことも半ば無理やり誘って、結局四人で行くことになった。――というのが、先週末の話だ。

『おい。オリエンテーションやるのは一号館だろ。そっちじゃなくて左に曲がんだよ』

『……わ、分かってるし』

場所が変わって、広大な土地に綺麗な施設が立ち並ぶ開放的な場所に来たって、私とこの男は何も変わらない。思い切り道を間違えた私を制する姿が、入学したての頃に遠回りの通学路への道を示してきた姿と重なった。この三年、私がそういう色んな思い出を丁寧に積み上げて想いを募らせていることを、きっと知らないだろうな。そう考えると、隣を歩く綺麗な横顔に若干の腹立たしさも覚える。

一緒にオープンキャンパスに来た筈のよーちゃんは、ただの付き添いで来ただけだとあっさりカフェテリアへ向かってしまった。節は節で、各学部の説明をしてくれるオリエンテーションが二時間あると聞いた時点で顔が分かりやすくげんなりし、自分で勝手に探索すると言い残して逃げてしまった。

『節から連絡あった？』

『無い』

『もう……どこに居るんだろ』

予想だにしなかった「二人行動」に、先程から騒がしい心臓の音を隠すことで手一杯だ。

沈黙を避けるための話題は、どうしても無意識に私のおバカな幼馴染のことを選んでしまう。

『気になるなら電話で呼び出せよ』

『明らかにはしゃいでるあの男が、電話に出ると思う？』

『絶対出ないな』

真顔で即答する男に思わず笑う。今、この場所に居ないのに空間を和やかにしてしまう節は、やはり何か魔法でも使えるのだろうか。いつだって助けられてばかりで、――そして節が居なければ私とこの男を繋ぐものなんて何も無いのだということも自ずと実感する。

その証拠に、私は何も知らない。今日、どうして此処に来たのか。私のように大学の雰囲気を掴みにきたのか、それとも節の付き添いなのか。もしかしてこの大学を志望しているのかもしれないし、この男の学力なら確かに目指していてもおかしくは無いけれど、どんな進路を想像しているのだろう。

『なに』

『……なんでもない』

視線に気が付いた男に平淡な声で問われても、やっぱり気になることは何一つ上手く聞けなかった。

「……オープンキャンパス行っても……どうせ喧嘩ばっかりだったし」

「うわ、自虐《じぎゃく》タームに入った」

回想を終えて沈んだ声で言うと、よーちゃんが溜息を漏らす。

「ったく、何をそんな喧嘩することがあるのよ。折角二人きりにしてあげたのに。打ち合わせしてなかったけど、節にしてはファインプレーだったわね」

「俺、大学着いた時からグラウンドで野球部が練習やってんの気になっててさ。行ったら見学もさせてくれてめっちゃ楽しかった。俺は大学でも、野球絶対やりたいなあ」

「あんたはまず、大学に行けるかどうかよね」

「えーん」

「しっかりしろ受験生!!」

二人のデジャヴな会話を聞きながら、三年六組の教室へ漸く辿り着く。

「あ、来た来た。おーい、図書委員〜」

「……なんでしょう」

「今日の昼休み、ミーティングあるらしいから図書室集合だって」

「あ、そうなんだ。分かった、ありがとう」

そして教室に足を踏み入れた途端、クラスメイトが先生から託《ことづ》けられたらしいプリントを手渡してくれた。こうして時々、急に呼び出されたりするのが委員になっている宿命だ。

「チャンスじゃん珠杏、あの仏頂面男も図書委員でしょ？　これもアドバンテージよ」

よーちゃんの言葉に、ぐ、と喉が詰まる。「そうだね！」と素直に同調出来ずに顔に険しさを帯びる。

『委員全員決まらないと、ＨＲ終われないんですけど。ほら図書委員とか誰かやらない？　立候補は？』

『前ちゃん、図書委員って地味に雑用多いって知ってるから人気無いよ』

『なるほど？　じゃあクラス全員でじゃんけん大会だな』

確かに新学期が始まった時。各委員を決める際に、前山先生とのじゃんけん大会に無事に負けて残ったのが私と、あの男だった。図書委員は週替わりで放課後の貸し出しコーナーの受付や本の整理をしたり、実は色々とやることが多い。選出されてしまった時は、私だって、これは流石にもうちょっと距離を縮められるのではと思っていたのに。

『おい馬鹿、それそっちの本棚じゃねえよ』

『え？　……本当だ』

『よく見ろ、背表紙にちゃんと棚番号付いてんだろうが』

『うるッさいな、もっと早く言ってよ』

委員の仕事中の光景を思い出しても、返却本の配架《はいか》の仕方一つでさえ喧嘩してるし、もう駄目だ。現状を説明すると、「もうさ、逆に凄くない？　尊敬してきたわ」と別の意味でよーちゃんに感動を与えてしまった。

「じゃあ今日は、『一緒に委員会行こ～』って可愛く言ってみ？」

「……あいつは昼休みご予定がおありなんでしょ。私一人で行くから」

「こらこら!?　折角二人で居られるチャンスでしょうが」

「……別に、良い」

態とらしいほど大きく溜息を吐いた節は、俯く私の顔を覗き込んだ途端、眉を八の字にして笑う。

「意地張るなら、そんな捨てられた子犬みたいな顔すんじゃないよ」

「してないよ」

「もう本当仕方無いワネ！」と情けない表情をしているであろう私の頭を撫でる節の手は、いつも通りとても温かかった。


「はいじゃあ解散～、今日来てない奴らにもちゃんと共有しとけな」

男性にしてはやたらと声が高いことで有名な現国の天野《あまの》先生の言葉で、みんなが一斉に席を立って動き出す。配られたプリントには、【夏季休暇に伴う蔵書点検のお知らせ】という、また面倒そうなイベントの詳細が書かれている。

「宮脇さん！」

「……え？」

プリントに目を落としながら、私も教室に戻ろうとすると、背後から声をかけられた。どこか硬い表情を浮かべた青年は、確か、隣のクラスの山下《やました》君だった気がする。顔を見たことがある理由は、日本史の授業が一緒だったからかなと、曖昧なままに記憶を巡らせる。

「あのさ、宮脇さんって、今誰かと付き合ってる……？」

全く予期していなかった質問を投げられた。図書室を出て行く生徒は大半が自分達の話に夢中で、私達を気に留める人は居ない。他にも実は、図書室の住人が数名「視える」時もあるけれど、何故か今は気を遣われているのか、この目には何も確認出来なかった。

「……え？」

「ほら、あの。よく一緒にいる多賀谷とか」

「……節は幼馴染だから」

「あーそれでか。仲良いよな」

「うん。凄く、大事」

節と付き合っているのかと噂されることは、今まで、それこそ一緒に登下校していることが多くても殆ど無かった。どちらかというと「お世話係」というクラス公認の役職が板につき過ぎているからだろう。山下君は珍しいタイプだと、どこか客観的に驚きを覚えた時だった。

「――じゃあ、保城は？」

「……え？」

「保城は、幼馴染じゃないよな？」

「……臨は」

「あ、ほら！　臨って呼んでるし」

すかさず指摘を受けて、肩が不自然に上がる。

『り、臨、これ日誌の授業の振り返りページ書いておいて』

『……ああ』

『なに!?』

『……別に』

私があの男のことを平然を装って名前で呼べるようになるまで、どれほど心臓をうるさく働かせてきたか、知ってるのは私の幼馴染と、よーちゃんくらいだ。これは、所謂アドバンテージに認定されるだろうかと一瞬考えて、すぐに打ち消した。勿論、私なりに近づきたい意志の表れだったけど、そんなものは他の女子達にとって、なんの牽制《けんせい》にもならない。現にあの男は、見知らぬ女の子にきっと今も、想いを告げられている最中だ。

「……臨は、全然そんなんじゃない。喧嘩だらけだし、むかつくし」

「そうなんだ。よく一緒に居る気がするから」

「……偶然だよ」

臨の特別になりたい。

クラスメイトじゃなくて、親友の幼馴染じゃなくて、席が隣の奴じゃなくて、同じ図書委員の奴じゃなくて。

――臨の一番近くに居たい。

だけど、会えば殆ど本心を言えた試しが無いし、可愛くないことばっかり言うし。節が間に割って入って、くだらない言い争いの仲裁をしてくれることも山程ある。節が居て漸く成立するような関係性のあの男と、此処から先の近づき方を、とっくの昔に見失ってしまっている。


「おい」

「……びっくりした」

図書室を出ると、廊下の壁にもたれかかる男が、いつも通りの仏頂面で、出迎えるにしては愛想の無い声で私を呼んだ。

「お前言えや」

「……なにを」

「図書委員の集まりだったんだろうが」

「……お忙しそうだったので」

「はあ？」

皮肉のこもった可愛げ0点の返答に、臨が眉根を寄せて表情を歪ませる。部活を引退してから少し伸びた髪を軽く乱した男が、どこか焦れたように口を開きかけた時だった。

「――宮脇さん、じゃあまた」

「あ、うん……！」

私の後ろから図書室を出てきた山下君は、柔和な笑みを浮かべていた。同じようになんとか笑顔を見せた私にホッとした様子の彼は、そのまま廊下を反対方向に歩いて行く。

『宮脇さんのことずっと気になってたんだけど、付き合ってもらえないかな』

二人きりの図書室で、山下君からの真っ直ぐな言葉を聞いても私の心を支配するのは、目の前の男のことばかりで。

『……ごめんなさい』

『付き合ってる奴は居ないけど、好きな奴が居る？』

『……うん、凄く』

『やっぱりかあ』

素直に打ち明けると、私の返答を予期していたように頷いた彼は「友達としてたまには話してほしい」とも言ってくれて、それには勿論応じた。

「出てくんのおせえと思ったら、男かよ」

図書室の前でこの男が待っているのは、予想外だった。遠ざかる彼のシルエットを見守っていると、低く平らな男が冷たく言葉を零す。

「なにその言い方。山下君はそんなんじゃないし」

「あ、そ」

「……言いたいことあるなら言えば」

「別に。楽しんでたところに水差して悪かったな」

壁から身体を離して、自分勝手な解釈と共に私を置き去りにする男に、かっと、熱くて苦しい気持ちが急激に込み上げた。

「そ、そっちこそ」

「……なに」

「女の子にいっぱい呼び出されて、浮かれてるくせに」

私の言葉を聞き終えて臨が真っ直ぐこちらを見つめた時、瞳の奥に揺らめくものが怒りより、悲しさに近く感じたのは気の所為だろうか。

「……お前と一緒にすんな」

いとも容易く距離を置かれることに、胸が抉《えぐ》られる。冷たい声は、厄介なことに涙腺にまで響くらしい。

本当は分かってるよ。あんたが、誰からの告白でも他人にむやみに言いふらしたりしないことも、ちゃんと誠実に対応してるのも、知ってる。臨は人の気持ちを軽々しく扱ったりはしない。ぶっきらぼうなくせに優しい。そういう臨の近くに居たい。――だけど、臨に想いを伝えた後に泣いている子を目撃する度に、自分の中の狡《ずる》さを手離せなくなる。

〝これ以上距離が開くくらいなら、喧嘩ばっかりでも、今のままが良い〟

「臨」

「……なに」

「私だって、簡単に浮かれたりしないよ。人に『好き』って言うのが、どれだけ勇気の要ることかずっと、痛いくらい実感してるから」

揺れる声でなんとか繋げれば、歩き出そうとしていた男がこちらを振り返る。とっくに視界がぼやけていたから、臨がどんな顔を見せているのかははっきり掴めないし、顔を見る勇気も湧かなかった。

「……珠杏」

「来月の蔵書点検、サボったら殴るから」

先程の集まりで代わりに受け取ったプリントを臨の胸にドンと押しつけて、自分の教室とは反対方向に勢いよく走り出した。

「はい、珠杏ちゃん確保～」

「……何しに来たの」

「不良の幼馴染を叱りに来たんですけど!?」

「今日のリーディング、もう予習してる所だから授業聞いてなくても大丈夫だし」

「そういう問題では無いが、準備万端でサボってるの恐れ入りました」

子供みたいに笑って私の隣に腰掛けてくる節は、走ってきたのかパタパタとシャツを煽いで風を起こす。夏本番を目前にして、既に茹《う》だるような暑さがここ最近ずっと続いている。

いつものコンビニの影に潜むように座り込んでいるだけでも、じりじりとアスファルトを焦がす日光が体力を奪っていく。溜息と共に膝を抱えて俯けば、隣の節がまた笑った気配があった。

「とりあえずアイス食うか」

「……学校飛び出してきたからお金持って無い」

「しょうがないわねえ。俺が奢《おご》って……、待って俺も二百円しか無い」

「何しに来たの」

ズボンのポケットを漁る節は、なけなしの百円玉二枚を私に見せてくる。しゅん、と耳と尻尾を垂れた子犬のような男に「嘘だよ、ありがとう」と伝えると、「あら素直で可愛いわね」とにこにこしながら褒められた。

それを聞いて、今度はぽたりと涙が出る私は、情緒があまりにも不安定過ぎる。再び顔を突っ伏すと、いつもの温かい手に頭を撫でつけられる。

「……おいおい泣くなよお」

「泣いてない、これは汗」

「俺もそれ信じるほどは、流石にバカじゃないのだよ」

「節にならぬ、素直になんでも言えるのに」

どうして臨を前にすると、可愛くない態度ばかりになるのだろう。

「やっぱり臨絡みか。また喧嘩？」

「……喧嘩というか、私が一方的に怒って、言い逃げした」

「教室戻ってきた臨の顔、険しすぎてとんでもなかったけどな。不機嫌オーラに負けて、授業始まる前に一回しかボケ仕掛けられなかった」

「……一回仕掛けたら十分でしょ」

すかさずツッコミを入れると、もはやそれを待っていたかのような男が満足そうに歯を見せて笑う。

「お前が後悔する分、あいつも同じように後悔してるよ」

「……そう、かな」

「お前らほんっと、しょうがねえなあ」

両手を上げて、オーバーリアクションで困り顔を見せてくる節は、ちょっと憎たらしいけれど返す言葉もない。

「良いですか？　僕が臨ちゃん此処に連れてきますんで、君はアイスを買って待ってなさい。必ず『二人で仲良く食べられるネ！』で有名なパピオを買うように」

「……はい？」

よっこいしょと徐に立ち上がった節が、背筋を伸ばしながらスマホを確認する。そして「お、もう五限目終わるな」と呟いた後、私の前に立って先程の二百円を手渡してきた。ちなみに「パピオ」というのはチューブ型になっていて、二本に割れるように設計されているお馴染みのアイスだ。お手頃価格なのも有難い。

「『これ半分こしよ』って可愛く言う練習しておきなさい」

「……無理」

「無理じゃない!!　諦めたらそこで試合終了だ宮脇珠杏!!」

「声でかいよ」

パンパンと手を叩いて叱咤激励してくる節に、苦虫を噛み潰したような顔になる。ぎゅっと渡された二百円玉を握りしめて、不安を隠しきれない眼差しを向ける。優しい幼馴染が、背中に真っ青な空と明るく眩しい太陽を背負って、困ったように眉を下げた。

「ほら笑え」

「痛いってば」

「あのなあ、俺だって毎回毎回お前らの喧嘩の仲裁してやれるわけじゃないんだからな？

そんなお人好しじゃやねーのよ」

「……節はお人好しバカだよ？」

「おい、バカは要らなかったね？」

私の両方の頬を摘んでぐりぐりと弄《もてあそ》んでくる節が、私の失言に手の力を強める。それでも
「ごめんね」と素直に謝ると「いいよ」とあっさり解放された。

「俺に頼ってばっかりじゃや、告白なんか夢のまた夢ですよ宮脇選手」

「そのゴールは遠すぎて影も形も見えません」

絶望に打ちひしがれながら答えると、声を上げて笑った節は、コンビニから通学路へと足
を向け直す。

「節、何回も行ったり来たりさせてごめんね」

「気にすんな、この道〝超最強ルート〟だから」

学校まで明らかに遠い回り道の通学路は、相変わらず節のお気に入りらしい。何故か自信
満々に伝えてくる男につられて、口の端が自然と持ち上がる。

「……そういえば節、このコンビニで漫画立ち読みしすぎて店長に目つけられてるでしょ」

「おい、言うなバカ!?　最近ちょっと顎《あご》突き出してみたり、なるべく顔変えて別人のように
振る舞って通ってんだから」

「その労力、勉強に使いなよ」

「うるせえ意地っ張り女！」と、まるでその通りな捨て台詞を吐かれてしまった。

そうして元気に駆けていく節の後ろ姿は、私のマイナスな気持ちを全て吹き飛ばしてしまうくらいに眩しく、夏の輝きの中に溶けていった。


「……おっそいなあ」

とうとう自分の中の違和感を口にしたら、胸の奥がざわついた。節が此処を立ち去ってから、三十分は優に経過している。

このコンビニは、駅から高校までの〝超最強ルート〟の高校側に存在するので、往復したとしても二十分はかからないくらいの筈。とっくに六限目も始まっている時間で、いよいよ立ち上がってスマホに文字を打ち込んだ。

《節、今どこ？　もしかして先生に捕まった？》

画面上にすぐ表示された言葉には、一向に既読がつく気配が無い。どうしたのだろう。一度学校を抜け出したのが、それこそ東郷先生に見つかってしまったのだろうか。

使い道はもうとっくに決まっているのに掌で持て余したままの寂しそうな二百円を見つめて、とりあえず私も学校に戻ろうと決める。コンビニを離れ、アスファルトの上に立つと茹だるような暑さが容赦なく襲い掛かる。直射日光で肌に自ずと滲む汗を気休めに拭いながら

「やっぱり夏は嫌いだな」と思わずひとりごちてしまった。

「――珠杏!!」

聞き慣れた筈の声は、明らかにいつもとは様子が違っていた。切迫して耳に届いたのを確認した時には、すぐ目の前まで男が駆け寄ってきていた。

「……え。な、に?」

その勢いのままに、私の両方の肩を勢いよく掴んでくる人物の爽やかなシトラスが届く。恐る恐る目線を持ち上げた。

「臨……?」

いつもの仏頂面じゃない。血の気が引いて青ざめた顔色の男の双眸が、不安と絶望に揺れ動いていた。「どうしたの」と軽く言葉を紡ぎ出すことが怖い。何かあったのだと、嫌でも分かってしまう張り詰めた空気では、身体の中に酸素を上手く取り込めない。

ぎゅ、と肩を掴まれる力が強まって、それはまるで私の存在を必死に確かめているようにも思えた。

「……りん、なに、」

「節が」

鼓動が酷くうるさい。血の巡り全てが誤って心臓に向かっているかの如く、大きく打たれる脈の音の所為で、臨の声が聞こえにくい。

「節がさっき、車とぶつかって病院に運ばれた」

──聞こえないんじゃなくて、聞きたくないのだと。そう分かった瞬間だった。後悔しても遅い。とっくに耳にこびりついた事実に、その場で足がすくんで一ミリも動けなかった。


節、待って。

待ってよ、こんなのおかしい。

臨を呼びに行ってくれたんでしょう。

手のかかる私達の仲裁のために、いつもの慣れた道を戻って、また、此処へ帰ってくる筈だったでしょう。

アイスを用意した私がぎこちなく臨に「一緒に食べよう」って言うの、きっと揶揄うつもりだったんじゃないの。でも結局、最後は優しく笑ってくれるのも、分かってるよ。


『気にすんな、この道〝超最強ルート〟だから』

──別れの予感なんて何一つ感じさせない、いつもの笑顔で、そう言ってたじゃない。

ぎゅっと目を閉じる。そして恐る恐る、ゆっくりと瞼を持ち上げてみる。何か変わっていてほしい。――お願い。

淡い期待を馬鹿みたいに持ち続けて、いつものぼやけた茶色の天井以外、何も瞳に映らない現実に打ちひしがれる。何度も何度も、繰り返している。

「……珠杏」

閉め切ったカーテンの隙間から漏れる光で、もう朝をとっくに迎えていることは分かる。だけど、窓を開けようとか、朝食を食べようとか、外に出てみようとか。いつも何気なくやってきた行動を起こす気力は何一つ湧かない。ただ屍のようにベッドに存在していると、遠慮がちなノック音と共に、ドア越しにお母さんの声が届いた。

「……どうしたの？」

「あのね、お客さん来てるよ」

「よーちゃん？　それとも、前山先生？」

「ううん、同じクラスの男の子。珍しいね」

予想だにしない答えに、僅かに身体が動く。上体をゆっくりと起こして見つめていると、開いたドアの先には、ここ最近心配をかけっぱなしのお母さんと、その後ろでいつもの仏頂面を携えた制服姿の男が立っていた。

「ゆっくりしていってね」と声をかけるお母さんに一礼した男は、ドアと部屋の仕切りからこちらには足を踏み出さない。突然の登場に、私もただ固まった。

「……おい馬鹿」

「は？」

「さっさと着替えろ」

「え、なに……というかなんであんた制服」

「お前一人サボるの、許さねえからな」

全く噛み合わない会話は、臨の低く不機嫌そうな声で締め括られた。ちょっと躊躇いながら部屋に漸く入ってきた男が、私の顔にプリントを押し付ける。

【夏季休暇に伴う蔵書点検のお知らせ】

顔面の痛みを堪えて視線を落とすと、その紙に書かれた文字に目が留まる。

『来月の蔵書点検、サボったら殴るから』

——あの日、図書委員の面倒な夏休みの雑用について書かれたプリントを、可愛げの無い言葉と共に臨に渡したのは、私だった。紙を強く握り締めた途端、印字されている文字が滲んで解読が難しくなっていく。

『高校近くの裏道の、横断歩道渡ってる時だって』

『居眠り運転で、ブレーキも全然間に合わなくてほぼ即死って聞いた』

『遺体の損傷が相当激しくて、お葬式の時も最後のお別れは無かったらしいよ』

節が亡くなったことは、当然直ぐに、夏休み直前の学校中を駆け巡った。

お通夜もお葬式も、クラスのみんなと参加したのだと思う。思う、だなんてあまりに不明瞭で無責任だ。だけど空っぽで、記憶が何も残ってない。節の名前をずっとずっと、心で唱えていた気はするけれど、自分の感情が何一つどのシーンでも、うまく付いていかなかった。

そのまま夏休みに突入して、自分もきっと心に傷を負ってる筈のよーちゃんは毎回色んなデザートを片手に、自宅まで足を運んでくれた。気丈に振る舞っていたつもりだ。「私は大丈夫だよ」と何度も言った。

『その「大丈夫」は、全く信用出来ないやつ。これ、実体験こもってるからね？』

きっと小晴さんのことを思い出して言うよーちゃんの前で、思い切り泣くことが出来れば少しは楽になれたのだろうか。でも身体にうまく力が入らず、感情が上手く表せない。

『……嫌って言われても、ぜったい、傍に居るから』

力強く私を抱きしめるよーちゃんの決意は、いつも震えていた。

『宮脇さん、ちゃんと食べてる？』

前山先生も、何度も来てくれた。クラス全員のケアできっと忙しい彼は、頬がこけて、目の下に黒いクマを作って、元々細身なのに明らかに痩せた。今にも消えてしまいそうな印象を抱いた。

『……先生こそ、食べてますか』

『大食いしてるよ』

『絶対嘘ですよね』

『バレたか。……俺ね、〝いつもの日常〟を再開させるのが凄く怖い。でもみんな、そうだと思うから。だから一気にじゃなくて良い。ちょっとずつ、一緒にやってみようか』

寂しそうな先生の提案は、とても腑に落ちた。嗚呼、そうか。私は多分、怖いのだ。窓を開けようとか、朝食を食べようとか、外に出てみようとか。普段何気なくやっていることが、また、当たり前のように出来てしまったら。節と過ごしていた日々があっという間に過去になっていきそうで怖い。だから此処で、いつまでも立ち止まっていたい。

「……臨」

「なに」

「私の、せい」

「……」

「あの日、私が授業サボったりしたから。節、心配していつものコンビニまで迎えに来たの。……それで、この二百円を、受け取って、」

言葉を吐き出すどの瞬間も、苦しさに溺《おぼ》れてしまいそうだった。震える右手の中にあるものは、片時も手放せない。強く握りしめ過ぎて金属特融の臭いをとっくに失ってしまった丸い硬貨二枚の輪郭が、みるみる滲んでぼやけていく。

『良いですか？　僕が臨ちゃん此処に連れてきますんで、君はアイスを買って待ってなさい。必ず「二人で仲良く食べられるネ！」で有名なパピオを買うように』

節の優しくて眩しい声も言葉も、全部を鮮明に思い出せる。なのにどうして。どうして節は、此処に居ないの。

下唇を噛み締めて、両腕で自分の身体を抱く。でも、どうしても震えが止まらない情けない私の腕を、ベッドの傍にしゃがみ込む男が掴んだ。「違う」と低く唱えて、真っ直ぐにこちらを射貫く。

「……俺の所為。あいつ、学校戻って俺のこと珠杏のところに連れて行こうとしたんだろ」

「俺の所為」ともう一度、烙印《らくいん》を押すように呟く臨に向かって必死に首を横に振った。でも僅かに目を眇めるだけの男は、まるで取り合わない。ベッドに座り込む私を見上げる男は、目の下にあまりにも目立つクマを携えて、「珠杏」と丁寧に呼ぶ。そして骨ばった自分の大きな手で、二百円を握ったままの私の頼りない右手をそっと包み込んだ。

「あの日、ごめん」

「……え……？」

「お前が、節への気持ちを簡単に言い出せないことを、分かってないわけじゃなかった」

誠実に紡がれる言葉が、容赦なく心臓を突き刺した。戸惑いが私を覆って、「違う」と咄嗟に否定することが出来ない。

『私だって、簡単に浮かれたりしないよ。人に「好き」って言うのが、どれだけ勇気の要ることかずっと、痛いくらい実感してるから』

――自分の言葉が、こんなにも自分を苦しめることになるとは、思ってもいなかった。

「俺が大事にする」

「……なに、を」

「節が居たことも、お前の気持ちも。一生俺がお前の傍で、ちゃんと覚えておく。忘れないから安心して良い」

「一生」なんて、途方もない誓いだと思う。だけどこの男はきっと、「本当にそうしてしまうかもしれない」と、怖いほどに確かな予感があった。それを裏付けるように、臨は私の右手ごと、節の残した二百円を強く強く握りしめた。

臨。謝りたかったのは私の方だよ。この二百円でアイスを買って、一緒に分けて、「ごめんね」って謝って。ほんとに、ただそれだけの計画だったのに。

「……とりあえず学校行くぞ。さっさと着替えろ」

今にも壊れそうな、無理に作った笑みを浮かべて、らしくない世話を焼く臨の様子からも察してしまった。

――この人はこのままじゃ、責任を感じて私の傍に居てくれてしまう。

夏休みにまた、制服を着ることになるとは思ってもいなかった。皮肉にも節のお葬式で袖を通して以来だと、到着したいつもの衣笠駅でふと思う。

『よし分かった！　初登校に緊張しっぱなしの珠杏に、通学路にある楽しさを教えてしんぜよう』

定期をかざしてピッという機械音と共に改札を出て、視界が開けた瞬間、二年前の懐かしい道しるべを思い出した。あの時、自分と同じ制服を着た人達が、みんな駅を出て右に曲がっていく中で、私の幼馴染は真反対の方角に私を意気揚々と誘導した。

ぎゅっと、目を瞑る。

そして、ゆっくり恐る恐る瞼を持ち上げてみる。

「珠杏、どうした」

今日一緒に電車に乗った男は、元々は家から自転車通学をしている。駅舎から少し離れたところにある駐輪場に停めていたらしいそれを取り出した男が、突っ立ったままの私を呼んだ。ジリジリと、今この瞬間にしがみつくように鳴き叫ぶ蝉の声が、暑い夏の中に纏わりついていた。ゆっくりと顔を動かして、整った瞳と視線を交わらせれば後は勝手に、頭で繰り返した通りに唇が動く。なるべく、自然な笑みを浮かべることに努めた。

「臨、大丈夫だよ」

「……え？」

「私、やっと『視える』ことが、特権だって思った」

幼い頃から、視えなくて良いものが視えた。それはこの駅前だって、ずっとそうだった。人々が行き交う中に、少しだけ透明を保った「この世の者ではない」存在を私はこの目でいつも確認出来た。

ぎゅっと、爪が自分の手のひらに食い込むくらいに握り拳に力を込めると、此処まで連れてきた百円玉二枚が、寂しそうに擦れる音がした。

「――節は、私と臨の間でちゃんといつも通りバカなこと言って、元気に笑ってるよ」

なんとか告げ終えて「今更怖がらないでよね」と付け足そうとした時だった。

その瞬間、ガシャン、と物がぶつかる大きな音が立ったのは、臨が自転車を放り出した証拠で。そのまま長い脚で近づいてきた男は、呼吸を置く間もなく私を強く引き寄せた。突然のことに声が出なくて、だけど「抱きしめられている」ことを少しずつ理解する。不意に与えられた不器用な温かさに、瞬きの度に視界が曇っていく。

「節、此処にいんの？」

「うん、今、『臨ちゃんの熱烈なハグ苦しい〜〜』って、言ってる」

「……馬鹿」

力無く笑った男が、私を抱き締める腕の力をより強めた。僅かに肩が揺れている気がして、「臨が、私を通して節を抱き締めている」のだと実感する。大切に、壊れ物を扱うかの如くそっと私も背中に腕を回した。

泣いている臨を抱きしめて、私もぽたぽたと流れる涙をそのままにぎゅっと、強く目を瞑る。そして、ゆっくり恐る恐る祈りを込めて瞼を持ち上げてみる。

——お願い。

でも、やっぱり何も、〝あの日〟から世界は変わらない。

節。どうして、逢いに来てくれないの。

どれだけ目を擦って、何度瞬きをしても。「視えなくて良いものが視える」側の筈の私は、あの日以来、節の姿を一度もこの目で確認出来ない。

節は、怒ってしまったのだろうか。いつも意地ばかり張って、迷惑をかける私みたいな面倒な幼馴染には会いたくないと、いよいよ愛想を尽かされた？　節には、この世に留まる未練なんて無い？

聞きたいことが、数えきれないくらいにあるのに。私は自分の疑問を確かめられる力を持っている筈なのに。

「臨。節なら、此処に居る。……ほんと、いつも通りうるさいくらい元気に笑ってる」

それでも、臨の気持ちが軽くなるなら、いくらでも嘘くらい吐ける。罪をちゃんと自覚するように、臨の胸に手を添えて距離を離した。

「だから、大丈夫だよ。臨がそんな風に責任感じること無いし、私のことも変に気にかけたりしないで」

「うるせえよ、それとこれとは話が別」

懸命に話している途中だというのに、無礼にも遮る男が、また私の後頭部を引き寄せて自分の胸元に抱く。

――この人はこのままじゃ、責任を感じて私の傍に居てくれてしまう。

それが痛いほど分かっているのに。

「……臨〝も〟、傍に、居てくれるの」

「さっきからそう言ってんだろうが」

広い背中に手を伸ばす狡い自分に、私は今度こそ抗《あらが》えなかった。

いつもの回り道の入口で「正しさ」が静かに、確かに埋もれていくのを感じていた。

五．その回り道に、愛しさの行方

苦しさの海から這い出せる兆《きざ》しも無いまま、夏休みが明けて二学期が始まった。でも、心配そうに私を見守る両親に気が付けば、昔のように引きこもりになるわけにはいかない。

慣れた手つきで定期をかざして改札を抜ければ、二年前に初めて見た時と何も変わらない衣笠の街並みが広がる。ただし、木立の葉の色づきは既に肌寒い秋を覚え始めていた。夏の勢いをすっかり忘れてしまったかのような静かな風を感じて立ち止まる。駅舎を抜ければ至極当然のように右へ曲がって商店街の方へと歩いていく同じ制服の生徒達が、突っ立ったままの私をどんどん置き去りにした。

『よし分かった！　初登校に緊張しっぱなしの珠杏に、通学路にある楽しさを教えてしんぜよう』

季節の移ろいを知らされる朝に、たった一人の幼馴染の声だけが聞こえてこない。覚悟していた筈なのに、毎日飽きることなく現実への絶望を繰り返してしまう。駅舎を背に、バスターミナルを挟んで真正面に聳え立つ、かながわ信用金庫の壁面に設置された大きな時計は、この衣笠駅の一つのシンボルのようなものだ。時計の針が指し示す時刻は、予鈴までそこまで余裕があるものではない。

急がなければ。ただでさえあの通学路は、遠回りなんだから。ほら早く。懸命に自分を急かす言葉を並べ立ててもその場から動けない。足を前に繰り出すことが、こんなにも難しい。

ジャンプの立ち読みが出来て、近くの女子高の生徒を拝めるチャンスがあって、自販機は当たりが出やすくて、ぺんぺん草が沢山あって。――この道を進むには、節との思い出があまりにも至る所に溢れすぎている。

通学路で隣を歩く幼馴染の満開の笑顔を思い出して、息が詰まる。言葉に出来ない思いが、容赦なく視界を曇らせていく。嗚呼、やっぱり無理だ。嗚咽が周囲に気付かれないように慌てて口元に手を当てる。身体を翻《ひるがえ》して駅舎の中へと逃げようとした。

「――こら、珠杏！　遅いよ！」

凛とした声が、蒸し暑さが少しだけ和らいだ九月の朝の空気を揺らす。振り返る前からそれが誰のものか分かった。

「よーちゃん……」

「おはよ。私は今まで、遅刻の原因は節だって思い込んでたけど珠杏も案外のんびり屋さんだよね。このままじゃ間違いなく遅刻しますけど？」

腕を組んだまま目を眇めるよーちゃんは、いつも通り綺麗な長い黒髪を靡かせる。校則通りきちんと着こなした制服により、元々姿勢の良い彼女の佇まいは一層美しい。

「……どうしたの、珠杏。学校は、そっちじゃないよ」

目の前まで近づいたよーちゃんは、きっと私が駅へと引き返そうとする様子を見ていたのだろう。困ったように眉を下げる彼女の両方の瞼は、どこか腫れぼったくも見える。それが今も夜通し泣いている証拠だと分かった瞬間、涙腺があっという間に刺激された。鼻に特有のツンとした痛みが走る。

「……なんでもないよ、大丈夫」

「珠杏」

「ちがうの。せ、節がね、電車降りた時に可愛い子が居たとか、急に言い出して。もう一回見たいって、言うから……。それで、ちょっと戻ろうとしただけ」

「……節は、珠杏の傍に居るの？」

今にも泣きだしそうな震える声は、いつもしっかり者のよーちゃんには珍しかった。瞳を揺らす彼女と視線をしっかり合わせて頷く。

「そっか。節には、やっぱり珠杏なんだね」

目尻に浮かぶ涙を拭いながら言ったよーちゃんの発言が、ずしりと胸を重くさせた。

よーちゃん、違うんだよ。私には、いつだって節が必要だったけれど、節にはきっとそうじゃなかった。だっていつも私が、助けてもらってばっかりだった。こんなの、愛想尽かされて、会いに来てもらえなくて、当たり前だ。

「……珠杏？」

「どうかなあ。『今年のプロ野球のクライマックスシリーズを見届けるまでは成仏出来ない！』って言ってるけど」

「はぁ？　もう、何よそれ」

「節らしいけど」と可笑しそうに肩を震わせたよーちゃんの笑顔に安堵しながらも、罪悪感が心を蝕む。

『臨。節なら、此処に居る。……ほんと、いつも通りうるさいくらい元気に笑ってる』

だけどこれは、私が背負っていかなければいけない罪だ。臨にも、よーちゃんにも、この嘘を見抜かれるわけにはいかない。スカートのポケットの中に入っている小さなコインケースを確かめる。弱い自分の心が揺らいだりしないように、節がくれた二百円に誓った。

「つか、可愛い子を見に行ってる暇は無いんだわ。おバカな節は置いておいて、ほら行くよ珠杏」

「わ……！」

私の右腕をぐいと強く引いて、そのまま自分の腕を絡めたよーちゃんは、有無を言わさず進んでいく。あまりのスピードの速さに付いていくのに精一杯の私は、先程まで前にどうしても出せなかった両足を懸命に繰り出す。

「よ、よーちゃん、歩くの速い……！」

「うん。だから、私が居れば余計なこと考える前に、あっという間に学校に着くよ」

「え……？」

「これからは一緒に行こうか、珠杏」

真っ直ぐに前を見据えて伝えてくれるよーちゃんの横顔から、目が離せなかった。立ち止まったまま動けずにいた私を包み込んでくれるような言葉だった。

「というか遅刻魔のあんたらに、拒否権ないから。分かった？」

「……遅刻魔は、節だけだよ」

「いや、連帯責任だから」

「厳しい」

よーちゃんは「委員長だからね」とちょっと得意げに顎を持ち上げる。「今期は体育委員でしょ」と以前、節に訂正していたことを思い出しながら指摘すると「気持ちは常に委員長なの」となんとも無茶苦茶な主張をされて思わず表情を崩した。

「あ、洋と珠杏だ」

「めぐ、二奈《にな》。おはよう」

再びいつもの回り道へと二人で向かっている途中で、名前を呼ばれた。私達と同じ制服に身を包んだ女子生徒達は、クラスメイトのめぐと二奈だった。衣笠の隣町、佐原《さはら》に住む二人は高校まで自転車通学をしている。

「なに、二人とも腕なんか組んじゃって。朝からいちゃつくんじゃないわ」

「羨ましい？」

「余裕ぶっこいてるけど、二人とも予鈴間に合うの？」

「丁度よかった、後ろ乗せてよ」

「え～良いけど、学校近づいたら降りてよ。東センに見つかったら面倒だから」

「私がそんな先生に怒られるようなヘマするわけないでしょ。……節じゃ、ないんだから」

よーちゃんがどこか寂しそうに言いながら、めぐの自転車の荷台に腰を下ろす。

「ほら、珠杏も乗って」

「……あ、うん」

促されるままに二奈に近づくと、自転車に跨ったまま肩越しに振り返る彼女から視線を感じる。「ん？」と言葉を促すように小首を傾げた。

「なんか、懐かしい。珠杏が転校してきたばっかりの時、めぐと一緒に声かけたの思い出す」

「あ～～あったね。あの日、節が風邪引いたって言って珠杏が一人で歩いてて。勇気出して一緒に行こうって誘ったのに、『競歩も挟みつつ急いで走って行くから大丈夫』って断られた」

「何その面白い話、詳しく」

くすくすと揶揄うように語るめぐと二奈に、恥ずかしさで頬に熱が集まる。

『今から学校まで歩くの？　予鈴まあまあギリじゃない？』

『後ろ乗ってく？』

あの頃、周囲といかに距離を取るかばかり考えていた私は、優しい二人からの誘いを確かに断った。「そんなことあったんだ」と笑うよーちゃんに苦笑いで応えれば、二奈が突然、私の頭をぽんぽんと撫でる。

「――珠杏、偉いね。今日、よく此処まで、頑張って来たね」

そう吐き出した途端、二奈は表情をあっという間に崩した。そのまま、ぽたぽたと両方の目から大粒の涙を零す。

「ごめんね、私が泣いて」

「ちょっと二奈、つられるからやめて」

様子を見ていためぐも声を震わせ始めた。

彼女達だって、高校生活を一緒に過ごしてきた大切な仲間を失ったばかりなのだ。このどうしようもない喪失感を埋める術を、みんなが模索している。

「あたし達、よく珠杏と節が通学してるの見かけてたから……、それ思い出すと駄目だ」

「珠杏。一人で通学するの寂しかったら、いつでも私達が後ろに乗っけてあげる」

規定の紺色のカーディガンの袖口でごしごしと目元を拭う二人を見ていると、自然と明るい声が浮かび上がる。

『そんなガチガチになんなくても、〝三ヶ月遅れのクラスメイト〟でも。——ちゃんと歓迎してもらえる』

節。節は、凄いね。後ろ向きな考えばかりの私にあの時くれた言葉は、嘘じゃなかった。でも今更、心でいくら感謝しても肝心の節には届けられない。絶望感を味わう度にひしひしと全身が痛んで、埋めようのない寂しさに心が軋む音がする。

「……ありがと。お言葉に、甘えても良い？」

上ずった声でなんとか伝えると、めぐも二奈も、それからよーちゃんも目を真っ赤にしたまま微笑んだ。

節との思い出に溢れた通学路の途中、高校近くの横断歩道は、節の事故の現場でもある。残酷な現実を前に、どうしても負けてしまいそうな時もあった。

『ほら、宮脇さん何してるの。早くおいで、遅刻するよ』

『珠杏ちゃんも今帰り？　私も今日はそっちから帰るわあ』

その度に、よーちゃんだけではなく、前山先生や六組のみんなが、まるで「シフト制」のように登下校に付き添ってくれた。私のことを気にかけて、優しく支えてくれる周囲にこれ以上心配をかけたくないという気持ちで、なんとか自分を奮い立たせた。

でも、今にも切れそうな頼りない糸を張りっぱなしで立つ私は、心は相変わらず空っぽで。この身体に力が漲ることなんてもう一生無いんじゃないかと思える。一日一日が、恐ろしいほどに空虚なまま過ぎていってしまう。そんな私に気付いている前山先生は、「手動かしてた方が気が紛れるでしょ」と私に雑用を依頼することが増えた。受験が近づくこの時期、うちのクラスの大半が予備校へ通うようになり、よーちゃんもその一人だ。そうして放課後の予定が当然「勉強」で埋まり始める受験生の中で、私にはやっぱりその力が湧いてこない。

今だって、人の居ない静かな教室には、〝何も〟視えない。どれだけ瞬きをしても、心で何度名前を呼びかけても、節をこの目に映すことは叶わない。

――節と過ごしたこの学校を出た後のことなんか、考えたくもない。

どうしても芽生えてしまう弱い気持ちを自覚しながら、じわじわとぼやけていく視界の中で、先生から受け取ったプリントのホッチキス止めを進める。

「おい」

「……び、っくりした」

私の隣の席にどかっと腰かける音が立ったのと、無骨な声で呼びかけられたのは同時だった。気配に全然気付かなかった。顔を上げると、いつもの仏頂面がこちらを睨みつけている。そして、一冊の分厚い本を差し出された。

「……え、なにこれ」

「赤本」

名前の通り、真っ赤なカバーに覆われた本は、受験生を憂鬱にさせる。その本の表紙に大きく掲載された大学名は、私達がオープンキャンパスへ行ったところだ。誰もが知る難関の国立大学で、私は、〝記念に〟訪れた筈だった。

「な、なんで赤本？」

「馬鹿か？　受験生だからだろ。お前、大事な放課後にくだらねえ雑用してんじゃねえよ」

「ちょっと、くだらないって言わないでくれる？　前山先生に言いつけるよ？」

平然と失礼な発言をする男に思わず反論すれば、鋭い視線がまた私を刺す。

「……その先生を、困らせてんのは誰だよ」

「え……」

「進路調査票、提出しないってなめてんのか」

逸らされることのない強い眼差しには、とっくに怒りが孕んでいたのだと今更知る。確かに、二学期早々に配布された二回目の進路調査票は、出せなかった。何も浮かばなくて、浮かぶことも怖くて、先生を困らせると分かっていたのに、どうしても書けなかった。ぎゅっと下唇を噛むと、自分の机から私が今、手に持つものと全く同じ本を取り出した臨は、徐にページを繰る。

「お前、英語得意だろ。まず去年の分の長文訳して。俺は数学解くから」

本へと視線を落としたまま、さらりと放たれた言葉を上手く処理出来ない。

「り、臨」

「なに」

「私、受験生にとって大事な夏休みに何一つ勉強しなかった。……そこに、後悔とかは無いけど、もう割と、受験は諦めてて」

「なめてんの？　『二学期からが受験生の本番』ですけど」

「……この大学の偏差値、分かってる？」

「分かってるから、勉強するんだろうが」

私の発言に間を置かず、真っ当に返されて言葉を失う。元々鋭い目元を一層鋭くしてこちらを凄む臨に、完全に気圧された。同時にちゃんと未来に向かって臨は歩こうとしているのだと実感して、自分との大きな差を思い知る。

「節の思い出が、唯一ある大学だろ」

「……え？」

「オープンキャンパスの時。あいつは、真っ先に野球部観に行ってたけど」

「そう、だったね」

折角のオリエンテーションを放り出して、子供みたいに野球場の方へと駆けて行った姿を思い出す。自然とまた涙が滲む私を見ていた臨が、「珠杏」と、今までで一番優しく名前を呼んだ。

「――節との繋がりが感じられる場所なら、お前は大丈夫」

言葉を受け取った瞬間、大粒の涙がはじき出された。

弱った心のままの私は、自分を信じられない。今度こそ、どこかで挫《くじ》けてしまうのではと思ったら、どこに進むのも怖かった。でも、この男はそんな私を「大丈夫」だと言い切ってくる。カーディガンの袖口で目元を拭いながら、ゆっくりと確かめるように頷いた。

「……臨、前からこの大学を志望してたの？」

「そう」

臨の志望校は、ずっと意地っ張りが邪魔してどうしても聞けなかった。まさかこんな風に知ることになるとは、思わなかった。その日から、放課後になるといつも臨は、受験勉強に付き合ってくれた。真剣に問題に向かう男の横顔を、飽きることなく、密かに瞼に焼き付けた。

「――宮脇さん」

「あ、山下君」

「……多賀谷のこと、その、大変だったね」

私と節がずっと一緒に居たことを知っている人ほど、あの男が居なくなった事実を歯切れ悪く私に伝える。ただ下手な笑みを浮かべることしか出来ずにいると「でも保城とは付き合えたんだ」と、何の代わりにもならない話題をぶつけられた。勿論直ぐに否定をすれば「大学も合わせたんじゃないの？　よく一緒に勉強してるよね」と戸惑ったように質問を重ねられる。

「……いや、偶然被っただけで」

「あれ、でも保城って確か、京都《きょうと》の大学の推薦取れてた筈だけど」

「……え……？」

「宮脇さんと居るために志望校変えたんだと思った」と、山下君の何気ない言葉が胸を強く締め付けた。

〝元々志望していた〟なんて、あれは最初から嘘だったんだ。立ち止まってばかり居る私をなんとか進ませるための、臨の優しさだったのだと今になって気付く自分の愚かさを痛感する。

京都、行きたかったんじゃないの。このまま、地元に残る選択肢で本当に良いの。

――それを選んだのは、私の所為でしょう？

心で何度も繰り返した罪悪感を、私はとうとう臨に吐き出さなかった。言えなかったんじゃなくて〝言わなかった〟狡さは、自分が一番、嫌になるくらいに分かっていた。

「――珠杏、合格おめでとう!!」

二学期からの追い上げにより、奇跡的に大学を合格した時、両親は心から喜んでくれた。昔から迷惑をかけ続けてきたから、二人の笑顔は凄く嬉しかった。

「……本当によく頑張ったなあ」

泣きそうな顔で頭を撫でてくれる父の言葉は、きっと受験勉強のことだけではないと分かる。節が居なくなった後の私を見ていてくれたからこそのものだった。

「大学はまた、高校に比べたら集まる人の数も随分多いから、そこは心配だけど」

「大丈夫だよ。昔に比べたら力のコントロールも上手くなったと思うし。それこそ受験会場でも全然気配が無くて、あの大学には、そもそもあまり幽霊が居ないのかも」

「そっか。……この間ちょっと調べてたらね、珠杏が持ってる力は、成長につれて薄らいでいく人もいるんだって」

「……え？」

「ちょっとずつ珠杏の視える力が、弱くなってるのかもしれないね」

昔から、二人には迷惑をかけ続けてきた。だから、生まれた仮説と共に両親が安堵の表情を見せるのは、当然だ。私だってずっと、要らないと否定をし続けてきた力だった筈なのに。

――この力を失ったら、節と会える可能性を永遠に失ってしまう。

「そうだね」と、決して誰にも言えない葛藤を抱えたまま、必死に笑顔を貼り付けた。


大学の経済学部へ進学した私は、経営学部に入った臨との距離はこのまま開いていくのだろうと考えていた。寂しくても受け入れなければならないと、私なりに覚悟を決めていた。でも、経済と経営は学部棟が直ぐ隣で、更に必修単位が被っていたり、想像以上に接点が多かった。そんな環境の中で、臨は所かまわず、私を見つけては小言を吐いてきた。

「おい馬鹿」

綺麗な芝生が敷かれた学内の人気スポットでもある中央広場で佇んでいると、突然、後頭部に痛みが走る。

「……なんなの」

険しい顔のままに振り返ると、痛みを与えた犯人である男が立っていた。綺麗な二重幅の切れ長の瞳がこちらを容赦なく見下ろす。高校の頃から既に大人びた顔立ちだった臨は、野球部を引退した三年の夏以降、髪が伸びた。センターパートで分けられた黒髪は、襟足はすっきり整い、きちんと清潔感を保って一層「大人の男の人」になった気がする。

「お前の飯の概念、なに？　炭水化物を摂れ」

「うるさいな、あんまり食欲無いんだよ」

「流石に、ゼリー飲料だけはやめろ。ほら行くぞ」

臨の小言に可愛く無い返答をすることが、もっと上手くなった。まるで母親のように心配してくる臨を突っぱねて立ち去ろうとすると、有無を言わせず昼食へ強制連行されるという流れを何度も経験した。

大学の昼時の食堂は、多くの利用者で驚くほどにごった返す。特に臨と初めて食堂に来た時は、高校とは比べ物にならない人の多さと、想像以上の賑わいに若干気圧された。既に長い列が出来ているサラダバーの方へと、なんとか足を進めようとすると、後ろから強く手を引かれた。

『……な、なに！』

『此処で食べて大丈夫なのかよ』

『え？』

『……相当人混みだけど』

珍しく焦ったように言われて、そこでハッとした。私は今、ただ「人混み」に驚いただけで、この目には、〝何も〟映っていない。心に負荷がかかって、体調が悪くなることも無い。

驚いた表情の臨に言葉を返せずにいると、ふわふわと漂うぼやけた光を時間差で確認出来た。何度か瞬きを繰り返すと、漸くそこで定食のメニューを笑顔で見つめているいくつかの〝姿〟が視えた。つまり、確かにこの場に存在しているものを、私が瞬時に気付けなくなっている。

〝珠杏が持ってる力は、成長につれて薄らいでいく人もいるんだって〟

母の言葉が再生された途端、手に持っていたトレイを思わず落としそうになる。背筋を嫌な汗が伝って、どくどくと胸騒ぎが止まらない。

『だい、じょうぶ』

『……お前、顔色が』

『そ、それより節が、食堂のごはんに興奮して、隣でずっとうるさくて。他の幽霊に気を取られる余裕ないのかも』

「力を失うこと」は、もしかしたら私の想像以上に直ぐ傍まで来ているのかもしれない。実感すると共に心臓が痛いほど鼓動した。でも、咄嗟についた最低な嘘が、動揺を覆い隠す。

親友の名前を耳にした臨は「なんだそれ」と僅かに表情をほぐして、それ以降は何も言わなかった。

「――珠杏」

「……え！」

名前を呼ばれ、突然ぐいと身体が強い引力を感じ取った。そのまま前に倒れ込みそうになるのと同時に顔面に衝撃が走る。何事かと痛む顔を上げると、想像以上に近い位置に整った顔があった。背中が仰け反り、大きな声が出そうになるのを必死に堪える。

「な、何すんの」

「ぼーっとすんな」

先程中央広場で見つかっていつも通り食堂へ向かう道すがら、心ここにあらずの私は、前から歩いてきた男子グループの集団にぶつかりそうになったらしい。衝突を避けるために臨が腕を急に引っ張った所為で、私が男の胸に飛び込んだかのような態勢になっている。慌てて距離を取って臨を盗み見ても、こちらと違って男の表情は涼しく、憎たらしいほどに整った顔立ちは崩れることなんて一ミリも無いままだ。一人狼狽《うろた》えている自分だけが持ち合わせる感情を改めて実感して、苦く笑った。

「なに」

「なんでもない。相変わらず臨は、腹立つ顔してるなって思っただけ」

「喧嘩売ってんのか」

苦しくて仕方無いのに、どうしても手放せない。出口の見えない途方もない想いは、小さくなるどころか、自分では歯止めが利かないところまで日に日に膨らんでいるようだった。

そうして、あっという間に大学に入って初めての夏を迎えた。――それは同時に、節がこの世を去ってから一年が経つことを示していた。

「おい」

「……何」

教育学部棟の近くにある中央図書館でレポート課題のためにパソコンと睨めっこをしていると、背後から愛想のない声がかかる。同時に、図書館に居る周囲の女子から男に集まる視線を勝手に私が感じ取ってしまう。臨を狙う女子なんて、高校時代と同様に、もしかしたらそれ以上に、きっと山ほど居る。

「明日、行くんだろ」

「え?」

「衣笠。何時?」

抑揚の無い声が、至極当然のように私と約束を取り付けようとする。臨が、節の命日を忘れるわけが無い。分かっていたけれど、咄嗟に声が出なかった。「あの子彼女かな?」と、余計な周囲の声ばかりをきちんと拾ってしまう。

節の遺骨は、お墓には納骨されず、横浜の実家で自宅供養をすることが決まったと、節のお母さんから聞いた。「これからもずっと傍に居たい」という家族の想いを感じ取って、同時にあの日を思えば、そこに足を踏み入れる資格は私には無いように思えた。だから、命日には節と最後に会った〝あの場所〟へお参りに行こうと決めていた。その考えは、臨も同じだったらしい。

「――あ！　臨、こんな所に居た!!　なんで明日の飲み会来ないの～～」

「うるさい、図書館でデカい声出すな」

「相変わらずツレないなあ！　明日、クラスのみんな殆ど来るんだよ？」

「先約あるって言ってるだろ」

訪れた沈黙を破るような可愛らしい声が聞こえると、臨はうんざりと大きな溜息を漏らした。小花柄のシフォンワンピースに華奢なミュールを合わせた女の子が、頬を膨らませながら「先約って何よお」と、臨の腕に自分のものを絡めようとする。話の内容から察するに、臨と同じ学部の子だろうか。目の前で臨へ手を伸ばす彼女の姿をただ、椅子に座って見つめるしか出来ずにいると、男は、触れられる前に容赦なく振り払う。拒否されたことが予想外だったのか、気まずそうに手を彷徨わせた彼女は、隣に居た私を一瞥する。そしてハイトーンの髪に合わせて綺麗に脱色した眉をぎゅっと中央へ寄せた。「もしかして、デート？」と甘い声のまま臨に問う。

「ちがう。線香上げに行く」

端的に事実だけを述べた男の答えが予想外だったのか、丁寧にカールされた睫毛をぱたぱたと動かした彼女は、「だ、誰の?」と声に戸惑いを乗せて再度問う。でも臨はこれ以上答える気が無いのか、目線を彼女へと一ミリも動かすこともなく、ただ沈黙を貫いた。取り付く島もない男の様子に、いよいよ痺れを切らして不満げに立ち去る彼女の後ろ姿に、再び臨は深く長い溜息を吐き出した。

「……臨」

「なに」

「明日、来なくて良いから」

もっと、淡々と伝えるつもりだったのに自分の声は想像以上に揺れてしまった。誤魔化すように机へと視線を戻してノートパソコンのキーボードへ手を戻そうとすると、骨ばった大きな手が私の手の甲に触れて、動きを食い止める。

「珠杏」

そんな風に、急に優しく呼ばないでよ。与えられた温もりをどうしても拒絶出来ない自分を嫌と言うほど実感しながら、ただ首を横に振る。

この一年間、何度目を凝らしても、思い当たる場所をいくら駆け回っても、節の姿を目にすることは出来なかった。もう後は、〝あの日のあの場所〟に行ってみるくらいしか、心当たりが無い。

――ただのお参りだけじゃなくて、諦めきれない私の悪あがきが含まれているのだと、臨に打ち明けることは出来ない。

「もし俺が明日行くのを、節が嫌がってるなら、諦める」

「え……？」

「でもお前が俺と一緒に行くのが嫌とか、そんなくだらない理由なら引かない。我慢しろ」

きっぱりと遠慮なく言い切る臨に、不意に全てを打ち明けてしまいたくなる。

臨。節は、本当は此処には居ない。――臨が、私の隣に居る意味なんか、最初から何も無いんだよ。

「……節が、臨のことを嫌がるわけないでしょ。『ありがと〜〜マイベストフレンド臨ちゃん』って、言ってる」

「あっそ」

不愛想な返事に反して、臨の表情には安堵の色が浮かんでいた。

「十時半くらいには、衣笠駅に着くように行くつもり」

「分かった」

真っ直ぐにこちらを見ながら頷く臨の澄んだ視線が居たたまれなくて、私から先に目を逸らした。私が放つ「親友の名前」一つで、臨は必ず私へと目を向けてしまう。分かっていても卑怯な私は、嘘を重ね続けた。親友を想う臨の姿を前に、汚い感情の全てを必死に心の奥底にしまい込んで、臨を縛り続けた。

「……変わらないな」

一年ぶりに降り立った衣笠駅の駅舎から見渡せる景色は、何一つ変わっていなかった。夏本番を目前にして、既に茹だるような暑さがここ最近ずっと続いている。強い直射日光に思わず目を細めながら、腕時計を見やると丁度、十時を指し示していた。既に学生達の通学ラッシュを終えた駅周辺は、穏やかな静けさを取り戻している。ただその場に立つだけでもこめかみに汗が滲んで、ハンドバッグからハンカチを取り出した。

《十時半に改札前に行く》

今朝、男から届いた端的なメッセージを読み返して、約束まで三十分の猶予があることを確認する。一歩踏み出して、とある方角へと顔を向ける。あの頃、駅舎を抜ければうちの学校の生徒達は、誰もが右に曲がった。でも私は、みんなが通学路として選択する道に、どうしても足を踏み込めない理由を抱えていた。

『そっちじゃなくて左に曲がんだよ』

絶対に忘れられないあの不愛想な声を振り切るように、恐る恐る足を前に出す。そして暫くして顔を上げると、活気のある様々な音が聞こえてきた。自分が随分、〝初めての道〟に足を踏み入れて進んでいることを思い知る。

「……全然、通れる、じゃん、」

ははは、と渇いた笑い声と共に独り言が漏れた。ぐるりと視線を一周させて、衣笠のアーケード商店街の賑わいの中に居ることを再度実感し、顔を両手で覆う。

高校時代の私は、この道がどうしても辛かった。「視える」力によって目にする沢山の姿が訴える苦しさや悲しさ、寂しさ。彼らの切なる感情を易々と見過ごすことはどうしても出来なくて、ただ自分の不甲斐なさを前に立ちすくんだ。

『初登校に緊張しっぱなしの珠杏に、通学路にある楽しさを教えてしんぜよう』

そんな私のことを思って、節が遠回りの通学路を授けてくれた。

『必死に生きる以外、出来ることなんか誰も何も無い。「視える」とか「視えない」とか、そこは関係無いだろ。勝手に自分を特別視してウジウジ凹んでんじゃねえよ』

不愛想な男が、無力感を抱える私の背中を押す言葉と一緒に、遠回りをしてくれた。

だけど今日、私はあの頃とは違う道の上に、立つことが出来てしまっている。何の声も聞こえない。どんな姿もこの目には映らない。――私の力は、やっぱり、どんどん弱まってしまっている。

あれだけ手放したいと何度も願った力なのに、ぽろぽろと溢れる涙の理由の中に「喜び」なんて一ミリも無い。大学へ入学してから、節を探す一方で、私は街中で〝この世の者ではない存在〟を目にする機会が格段に減っていた。身体に異変が生じることも減って、人混みに身構えることも殆ど無くなった。心が掻きむしられるような焦りを誰に吐き出すことも出来ないまま、節の一周忌を迎えた。衣笠を訪れる時には、〝正規の通学路〟に足を運んで、自分の力についても確かめることを決めていた。そして案の定、打ちのめされている。

「嫌だ……、」

我儘ばかり言ってごめんなさい。私は今まで、この力があっても〝貴方達〟に何も出来ないことの方が圧倒的に多くて、「何を自分勝手なことを」って思われるのも当然です。この先、いくらだってそんな私のことを怒って、苦しめてくれて構いません。だから、まだ、「視える」力を私から奪わないで。一度で良いから。――――節に、会わせてください。

「珠杏!!」

誰に伝えているのかさえ自分でもよく分からない、途方もない祈りを唱えて、堰を切ったように泣きじゃくる私へと向かう、切迫した声が木霊した。自転車で近づいてくる男の表情には、濡れた曖昧な視界でも分かるほど焦りが滲んでいた。息を切らしたまま、ぽたぽたと首筋から落ちる汗を鬱陶しそうにTシャツで拭う臨は、目尻を険しく吊り上げた。大変な剣幕を感じ取って身体が強張る。

「お前は、たかだか一年経ったくらいで、もう道に迷うのか」

「なんで……」

「駅出て直ぐ左に曲がる。初っ端から間違えてんじゃねえよ」

舌打ちと共に吐き出された言葉を否定しようとすると、腕を取られて思い切り引き寄せられる。

「お前にこっちは通れないって何回言ったら分かんの。顔色終わってるし、早く後ろ乗れ」

「……臨、違う」

「違わない」

あらゆる感情が雁字搦《がんじがら》めに交ざったまま、此処に居る理由をとうとう吐き出そうとすると、荷台に私を促した臨が再び自転車を漕ぎながらはっきりと言った。

「一年前がフラッシュバックすんのも分かる。でも、前にも言っただろ」

「りん、」

「お前が節と過ごした通学路は、何があっても絶対変わらない。……一人で勝手に動くな馬鹿」

臨の言葉に、勝手にまた涙が次々と頬を伝う。

『節が居たことも、お前の気持ちも。一生俺がお前の傍で、ちゃんと覚えておく。忘れないから安心して良い』

恐らく私が泣いている気配を察しているのか、臨は決して後ろを振り返らない。命日の今日、私が節の事故現場でもある〝あの回り道〟を通ることが辛くて逃げたと思っているらしい。勿論、その辛さもあるけれど、この涙の理由の大半は別の所にある。疑うことも無くこちらへ手を差し伸べてくれてしまう臨に、また罪悪感が募る。

背中にもう、あの日から何度目か分からない「ごめん」を呟くと余計に涙が出た。

「……臨」

「あ?」

「節が、『臨ちゃんと久しぶりにお出かけ出来て、嬉しい』って」

「いや、一応これ、お前の墓参りみたいなもんなんだけど」

「『俺も事故現場に行くのはちょっぴりナイーブになってたけど、臨が行くなら行く。ありがと』だって」

「……あっそ」

自分の言葉で感謝も言えない私は、節の存在にまた頼ってしまう。だけどきっと、臨も親友からの言葉の方が嬉しいと分かるから。

「『相変わらずツンデレだな、臨ちゃん』って、めっちゃ笑ってる」

「うざ」

これから来る夏の勢いをそのまま投影したかのような大きな入道雲が、淀《よど》みの無い青空に浮かんでいた。爽やかな風を次々に切る臨には、目が眩むほど光り輝く日差しが降り注ぐ。私なんかが手を伸ばすことも憚られて、ただその後ろ姿をこの目に焼き付けた。

そして、とうとうこの日も節が姿を見せてくれることは無かった。

四年後、無事に大学を卒業した私は、関東圏内に数十店舗のレストランを展開させる企業に就職した。後々はマーケティングに携わりたいという思いで入社したけれど、二年間は実店舗でみっちり修業だと言われて、日々、忙しく働いた。

「いらっしゃいま……なんだ臨か」

「接客学び直せ」

経営学部を卒業した臨は、公認会計士を目指すべく資格の学校に通い始めた。元々頭の良いこの男の着実性のある選択は、いよいよ別の未来に進んでいくものだと、今度こそ覚悟したのに。臨の学校と、私が配属された店舗が同じ東京の豊島区《としまく》内で、うちのお店に顔を出すようになった男に、呆気に取られた。

「ようちに来る珠杏さんと親しげなイケメンって、彼氏ですか？」

「まさか、違うよ。高校の同級生。近くの資格学校に通ってるだけ」

「え、そうなんですか!?　凄い偶然ですねえ。腐れ縁ってやつですね？」

「……どうだろ」

その〝縁〟を認めてしまうことに、違和感があった。だって、私とあの男は断じて、偶然が繋いでくれる腐れ縁なんてものでは無い。

　大学を卒業してからも、節の命日に臨と衣笠を訪れることは続いていた。そして五周忌である去年、私がランチからのシフトが入っていたために、臨との集合時間が学生達の通学の時間帯に丁度被った。

『うわ！　最悪だ!!』

　懐かしい制服に身を包んだ生徒達が衣笠駅を出て、高校へと歩いていく姿をぼんやり眺めていると、駅舎の中のコンビニ前にある自販機の方から男子生徒の叫び声が聞こえた。

『うーわ、まじで百円足りねえし。電子マネーの残高も無い、終わった』

『相変わらずお前ボンビーだな〜〜ドンマイ』

『頼む、貸してくれ』

『いや、俺今、まじで金無い』

『俺も、所持金ゼロ』

『お前らもボンビーじゃねえか！』

　自分のお財布を見て項垂れる男子と、周囲で楽しそうに笑う恐らく彼の友人達を視界に捕らえて、思わずハンドバッグの中の丸い小ぶりのコインケースを手に取る。

〝しょうがないわねえ。俺が奢って……、待って俺も二百円しか無い〟

あの日、節が差し出してくれた二百円を、私は片時も手放せずに居る。

もし此処で、私が彼らに託してしまえたら。

過る考えに突き動かされて、思わず「あの」と声をかけようとした。その刹那、横から彼らに割って入る男の影に気付く。再び立ち止まる私の前で、よく見知った男――臨が、自販機に静かに硬貨を投入する様子を、彼らと同じく呆然と見つめてしまった。

『え!?　お兄さん、誰!?　良いんすか!?』

『良いよ。俺もコーヒー買いたいから、早くして』

『うお～～!?　ありがとうございます!!』

『くそイケメンじゃん』

迷わず炭酸のジュースを選択して、何度も臨にお礼を言いながら通学路へと走って行く賑やかな集団を見送って、視線を恐る恐る戻す。臨は、缶コーヒーを手にこちらを鋭く射貫いた。

『……何してんの』

『な、何って』

『朝っぱらから男子高校生をナンパしようとすんな』

『はあ？　あのね、そんなわけないでしょ！』

真顔で言ってくるから、どこまで本気なのかよく分からない。思わずムキになって否定する。

『じゃあ、何しようとしてた？』

次いで尋ねてくる臨の切れ長の双眸が僅かに揺れた気がして、その言葉にハッとした。もし此処で、私が節から受け取ったものを、彼らに託してしまえたら。——私達はもう、楽になれるのかもしれない。

弱い私が抱いた最低な感情を、とっくに臨には見破られてしまっている気がした。手の中のコインケースをぎゅうと痛いほど握りしめる。

『今日お前、昼からシフト入ってんだろ。早く行くぞ』

ポンと、ぶっきらぼうに私の頭を一度だけ撫でた臨は、決して私を責めたりせず「チャリ取ってくる」と、駐輪場の方へ歩いて行った。

臨がくれる優しさが、愛しい。離れたくない。ずっと、大事にしたい。

でも、その優しさは私には相応《ふさわ》しくないことを私自身が一番分かっている。だから時々、もう全てを打ち明けて、壊してしまいたくなる衝動にも駆られる。

私とあの男は断じて、偶然が繋いでくれる腐れ縁なんてものでは無い。

——臨を縛り付ける呪いを、私がいつまでもかけ続けているから。律儀にあの男が離れようとはしない、ただそれだけなのだ。

今年の春、国家資格を無事に取得した臨は、千代田区《ちよだく》に事務所を構える大手の監査法人で働き始めた。臨は、資格学校に通っていた頃より遠くなったくせに、「味が良いから」と、うちの店への来店を続けている。

《来週土曜のクラス会の会場が決まりました！　十八時から、飲み放題付き五千円のコースを予約してます》

そして本格的な暑さが近づき始めた七月の中旬を迎えて、高校のクラスのグループLINEが、丁度動いた頃だった。

「保城、配属希望どーすんの？　もう決めてんの？」

ディナータイムに臨と一緒に飲みに来た職場の先輩の言葉で、実務補習に励む男は、そろそろ本配属の時期なのだと知った。

「東京です」

「あ、もう一択なんだ。地方配属とかは考えてないの？」

「考えてないですね」

「そっかあ。まあ俺も今は東京だけどさ。結構地方に行くと、その地に根差した業界の監査とかも学べるから楽しいよ。こっちに固執《こしつ》する理由があんの？」

最後に放たれた「固執」という単語が、真っ直ぐに私を刺した。自覚している分、痛みは何倍も大きかった。固執して、いつまでもしがみついているのは、私だ。このままじゃまた、優しいあの男は、私と節の傍に居ようとする。

『保城って確か、京都の大学の推薦取れてた筈だけど。宮脇さんと居るために志望校変えたんだと思った』

このままじゃ、私はまた、臨の可能性を奪ってしまう。

毎年欠かすことなく開催される六組のクラス会は、その会場の大半が猿島への船が出る三笠ターミナルの最寄り駅でもある横須賀中央駅付近の居酒屋になる。実はうちの高校の最寄り駅は、ＪＲ横須賀線の衣笠駅の他に、反対の方角にもう一つ、京急線の北久里浜《きたくりはま》駅がある。放課後に遊びに行く時はみんなでバスや電車を使って横須賀駅まで出てしまうことも多かったけれど、二つの路線ユーザーは、クラス内でも半々くらいの割合だった。卒業してからこうして集まる時のお店選びは、「どっちの路線沿いにする？」から始まる。でも結局コスパの良い居酒屋が多い横須賀中央が選ばれることが多い。実家がＪＲ線沿いの私やよーちゃん（よーちゃんの実家の最寄りは田浦《たうら》駅）は、電車だと乗り換えが発生するので、こういう場合には路線バスを活用する。横須賀中央駅のバス乗り場は、ターミナルというよりは県道上に路線ごとに分散しているので、慣れるまで少し苦労した。バスを降り、むわっと熱された真昼時の空気に思わず顔を顰める。

「あ、珠杏、こっち。今日もあっついわね」

「よーちゃんお待たせ。本当、暑すぎるね」

先に着いていたらしい日傘をさしたよーちゃんと、高架歩道のＹデッキで合流した。クラス会の前に、先によーちゃんと集合して駅前の大きな商業施設であるモアーズシティでお茶をするのも恒例の流れになった。異例の暑さに、二人して迷わずアイスの飲み物を選択する。

「──という以上の出来事を経て、先週、別れました」

「そ、それはなんというか、お疲れ様でした……？」

「ええ、ありがとうございます」

一週間前から始まった夏限定の桃味のフローズンドリンクを片手に、よーちゃんがげんなりした表情で口を尖らせる。自分の恋愛話を端的にまるでレポートのように説明してくれるのも、いつものことだ。大体、恋が終わった後に報告を受けるので、私の反応はなんとも気の利かないものになってしまう。大学時代からいくつかの恋愛話は聞いているけれど、結局どの恋愛も、よーちゃんから別れを告げている気がする。高校の時に抱いていた「前山先生への想い」は、本当に今の恋に影響していないのかと毎回頭を過りながらも、直接尋ねたことは無い。

前山先生は、節が亡くなった後も私達の前で決して涙を見せなかった。そして、沈んだ空気に包まれるクラスの全員と何度も何度も個人面談の時間を設けた。節が居ない苦しさを抱えながら、「将来のこと」にも向き合わなければいけない受験生という立場の私達に寄り添い続けてくれた。

卒業式の時、先生への感謝を伝えるために三年間の思い出を綴った手作りのアルバムをみんなでプレゼントした。教壇に立ってそれを受け取った前山先生は、アルバムのページをゆっくりとめくりながら次第に顔を歪ませた。

『いや。多賀谷、どの写真もまともに写ってなさすぎじゃない？』

『節は、大体行事の時にはしゃいでるから、マジでまともな写真ねえんだよなあ』

『大体ブレてるか、フレームアウトしてるよね』

『……あいつは、写真でも、うるさかったんだね』

揶揄うようにそう言った筈なのに、先生は突然我慢がきかなくなったように肩を震わせた。そして、口元を手で覆っても堪えきれないほどの嗚咽を漏らす。それは先生がこれまでの時間、本当はたった一人で苦しみと戦っていた証で。いつだって、私達生徒のことを想い続けていてくれた証そのものだった。

先生は今も変わらず、私達の母校で地理の教師として働いているけれど、私達のクラス会に顔を出したことは一度も無い。幹事には「卒業生に構ってる余裕はありません」とドライな理由で断っているらしい。でも毎年、節の命日には〝あの場所〟に私より先に必ず花束が手向けられている。傍には喉飴が数個供えられていて、誰によるものか瞬時に分かった。近すぎず、離れすぎず。彼らしく、ずっと私達を見守り続けてくれている。


「……で？　いつになったら私は、あんた達の進展を聞けるのよ。絶対、今日のクラス会でもあんたと臨の話で持ち切りよ？」

自分の話を切り上げた彼女は、私へと話題をぶん投げた。毛先に緩いパーマを当てて、落ち着いたブラウンに綺麗に染まった長い髪を背中に流すよーちゃんは、口角をきゅっと持ち上げる。それに反して、自分の表情がどんどん強張っていくのを感じた。アイスのレモンティーを喉に勢いよく流し込んで、少し結露の付いたカップをテーブルに置いた。

「よーちゃん」

「……ん？」

「進展は、しない」

「どうして」

「出来るわけが、無い」

既に震えている私の声に異変を感じたのか、よーちゃんが眉間に皺を寄せて真っ直ぐに私を見つめる。

「よーちゃん、私、ずっと、嘘吐いてた」

「珠杏、待って」

「――私は、本当はあれ以来、節のことが、一度も、視えない……」

途切れ途切れになりながらとうとう白状した途端、大粒の涙がテーブルに落っこちていく。拭うことさえ忘れて、ただ垂れ流してしまった。

『どうかなあ。「今年のプロ野球のクライマックスシリーズを見届けるまでは成仏出来ない！」って言ってるけど』

六年前の、高校三年生の二学期の始まりの朝。肌寒さを孕んだ秋めく風に、節が居なくなってしまった寂しさを一層募らせた。動けずにいた私に、寄り添ってくれたよーちゃんに吐いた嘘を思い出す。

『「大学野球をちゃんとこの目で観戦したい」って言ってるの』

『今度は、「ベイスターズが日本シリーズに出るまでは」だって』

あれから、事あるごとに私は、彼女にも〝まるで直ぐ傍に節が居るかのような〟嘘を重ねてきた。

「……どうしてよ」

「よーちゃん、本当にごめん」

「違う。そっちじゃない」

震える声で言われて恐る恐る目線を持ち上げると、よーちゃんが目を真っ赤にして私を睨む。否定の意図が読めずにいると、彼女が震える唇で再び言葉を紡ぐ。

「分かってたわよ。……だって、節もよく言ってた。『珠杏は、嘘を吐くのが下手だ』って。ほんとに、あんた、下手で……、」

「え……？」

「珠杏が嘘吐いているのなんか、最初から分かってた。――分かってて、それでも。何も言わずに、一緒に居たの」

予想だにしない彼女からの答えに、私は大きく目を見開いた。

「珠杏が悩んで決めたことだって痛いほど伝わってたから。私もずっと、一生この嘘に付き合うつもりだった」

「……よーちゃん」

「なのに、どうしてよ。――どうして、今になって、全部終わらせるみたいに告白するの」

透明な水滴が次々とよーちゃんの瞳からはじき出される。咄嗟に俯く彼女の細い肩が揺れていた。

「よーちゃん。私は、今はもう、殆ど『視える』力が無い。……節に会えることも、もう、きっと無い」

ふるふると、ただ首を横に振るよーちゃんは、私の発言を受け付けることを拒否しているようだった。

「ずっと、よーちゃんにまで抱えさせてごめんね。そろそろ、限界だと思う」

「珠杏……」

「よーちゃん。私ね、――――」

涙交じりになんとか笑って伝えると、彼女はみるみる険しい顔になった。そして「馬鹿じゃないの」と真っ赤な瞳を吊り上げたままに泣きながら、テーブル越しに私の手をずっと握りしめ続けてくれた。

「えー、今年もこうして集まることが出来て本当に嬉しいです！　六組のみんなの末長いご健勝とご発展を願って、乾杯！」

大学時代にお世話になってきた大衆居酒屋よりはちょっぴり格が高い。でも決して高級とまでは言えない、そういう位置付けの創作居酒屋のとある個室。長テーブルを囲むように座る男女はみんな、勿論よく知っている顔ぶれだ。三年間クラス替えが無いという我が高校独自のシステムにより、年数が上がるごとにクラスの仲も当然深まった。もはや家族に近いほどに、一緒に過ごすことに何の違和感も無くなった私達は、未だにこうして、卒業してから何年経った後でも、年に数回は集合している。「同窓会」と大それた名前が付かなくても、みんな自然に、そこそこの出席率を保って集まることが出来るのは凄いことだと思っている。

昔なら、乾杯を交わす私達がその手に握るグラスの中身は、決して酔いを与えたりするようなものではなくて、ファミレスのドリンクバーで調達出来るカラフルな色の飲み物だった。月日の流れを実感しながら、全員がそれぞれ一年越しに近況報告を行う流れは、いつも通りだ。

「──で、珠杏と臨の腐れ縁コンビは、いつになったらくっつくわけ？」

「ぶっ」

でも、突然よーちゃんがぶっこんだ発言は、全くいつも通りでは無かった。油断していたから、レモンサワーを吹き出してしまうところだった。慌てて口元を拭って隣のよーちゃんを見る。綺麗なニュアンスネイルが施《ほどこ》された指先で枝豆を剥《む》く彼女は、全く動じていない。

「く、腐れ縁とかじゃないから……」

「いやいや、どう考えても腐れ縁だろ。諦めろ」

「なんでよ!?　というか諦めろって何」

「あのさあ、珠杏。高校卒業して何年経ったか分かる？」

「……六年、ですね」

「そう。つまり?」

「つまり……?」

「つまり小学一年生の子が、無事にランドセル卒業出来ちゃうくらいの長さなのよ?」

「……あ、うん? めでたいね」

「なんだその感想。なめてんの?」

「いやそのたとえ、ピンと来るようで全然こないよ」

「長い年月だなってことが言いたかったんだよ、察しろ」

「は、はあ」

既にこの一時間弱で、そこそこの量のお酒を摂取している隣のよーちゃんが、気の抜けた返答をする私を思い切り睨んでくる。体内のアルコール分解能力が追いつかなくなってきているのか、ビールのジョッキを勢いよくテーブルに置く音に身体がびくりと反応した。そのままこちらに凄んでくる様子は、取り立てを実行するヤクザのようで怖い。目が据わっている。美しい顔立ちの分、彼女が怒ると迫力が凄いというのは昔からだ。

「あ、あの。よーちゃん、飲み過ぎでは?」

「うるさい!」

「いや、うるさいて」

「あたしはねえ! 珠杏には幸せになって欲しいわけですよ」

「うわー、このお姉さん、遂に絡《から》み酒が始まりました」

「え、なに。洋、珍しく酔ってんじゃん」

「本当だ。珠杏、ちゃんと最後までお世話よろしくね」

「みんな冷たいなあ!?」

　私が感想を伝えると、周囲はケラケラと楽しそうに笑いながらも、店員さんを呼んで水を注文してくれた。隣のよーちゃんは、私の首に腕をぐでんと回して抱き付くような姿勢を留めたまま、既に半分寝てしまっている。物理的にもしっかりと絡まれている状態に、苦笑いが零れた。

「てかなに、なんで洋は今日こんな酔ってんの？」

「たしかに」

　高一の時から三年間、クラスの委員長を務めた回数が一番多かったのは、間違いなく、今隣で眠りこけているよーちゃんだ。いつだってみんなのお姉さんという印象が強い彼女が、こんな無防備な姿になるのは珍しい。近くに座っていためぐと二奈が、珍しそうによーちゃんの頬をつつく。

「あー……、なんでだろ」

　よーちゃんが荒れている心当たりは、やはり昼間のカフェでの私の発言にしかない。当然湧く疑問に私が下手な笑顔で誤魔化した途端、「え、まじで!?」と大きな声がテーブルの右端の方から飛んだ。

なんだなんだと、みんなの注目を一気にかっ攫《さら》う声に私も促されて視線を移す。

「今度、臨が配属決まっても、また珠杏と臨、都内で職場が近い説！」

「え、また？」

「あんたら、本当に何なの」

「どんだけだよ」

次々と好き勝手に感想を述べていくみんなに、口を挟む隙が無かった。思わず険しくなる私の表情と同じように、数席あけて斜め右の方角に同じく不機嫌そうなオーラを感じる。

今しがた私と共に名前を呼ばれた男が、精悍な顔立ちをこちらへ向けているのが分かった。昔と変わらない隙のない完璧なパーツが並ぶ顔立ちだからこそ、仏頂面の男の感情をより読み辛くするのをいつも手伝ってしまう。視線が交われば、ばち、とお互い火花が散ったのが分かる。

「おいおい、堂々と見つめあうなよ」

「ラブラブかよ」

「え、ちゃんと見えてる？　あいつ、思い切りこっち睨んできてるんだけど」

揶揄うみんなにきちんと訂正をするのに「照れんなって」と笑いと共に流されてしまった。この酔っ払い達め。私の話を聞いて欲しい。

「大学も一緒、卒業した後もな〜〜んかずっっと近い。そんなの腐れ縁以外ないじゃん。だからもうさあ、諦めろ」

「あの、洋さん？」

私に抱きついたままのよーちゃんが、アルコールに浸った間伸びした声色で、余計な一言を付け足してくれる。

嗚呼、まずい。この流れは。

「もうさっさと付き合えよ」

「つか結婚しちゃえば？」

口を揃えて四方から伝えられた言葉への反論を、私は平静を装って必死に探す。その間、同じように注目される羽目になった男の顔を一度も見られなかった。

――そんなゴールに、私が辿り着く権利はとっくに無い。


一次会がお開きになってお店を出た後、車道脇で右手を大きく上げる。

「よーちゃん、タクシー来たよ！」

こういう時、つい効率優先でタクシーを簡単に拾うようになったことは、ちょっと大人になったと実感する瞬間の一つかもしれない。明らかに二次会に行けるコンディションでは無いであろうよーちゃんに声をかける。すると、今の今まで私によりかかって立っていた筈の彼女は、急に真っ直ぐに立って自分の姿勢を整えた。

「ありがと。じゃ、私は帰るわ」

すっかり日が沈んでも夏の熱気は暗闇に潜む。風が途絶えて蒸した空気は、決して心地いいとは言えない。どこか息がし辛い重さを孕む夜道で、私の親友が随分と冷静なトーンで答えた。

「……あ、あれ？　よーちゃん？」

「あのね、私があんな量で酔うわけ無いじゃん」

「ええ!?　嘘だったんですか」

さらっと告げた彼女は、手に持っていた黒のカーディガンを肩に羽織りながら長く溜息を吐く。先程までの頼りなさは微塵も無い。かつて委員長だった時の、凛とした佇まいのままだ。

「なんだ、良かった」

「何が」

「私がさっき、〝あんなこと〟言ったから、酔わせちゃったかと思ったよ」

「……へえ。馬鹿なこと言った自覚はあるんだ？」

眉をぴくりと動かした後、こちらを射貫く鋭い眼差しに思わず「う」と苦しい音が漏れた。

気まずく視線を逸らす私に、よーちゃんが再び息を吐き出す。

「だから、みんな巻き込んで焚《た》き付けようと思ったのに。あんたもアイツも全ッ然乗ってこないし」

「ちょっとお姉さん。タチ悪すぎます」

「……珠杏。本当に、このままで後悔しないの」

昔と何も変わらないよーちゃんの真っ直ぐな声に、視線を持ち上げられない。

「もう一回言うけど。六年って、凄く長いよ」

「そう、だね」

「――もう、これ以上、苦しまなくても良いんじゃないの？」

『――あたしはねえ！　珠杏には幸せになって欲しいわけですよ』

よーちゃんの震えた寂しそうな声が、心を貫く。高一で出会った九年前から、あらゆる感情を共にしてきた大好きな彼女が私を想って真っ直ぐにくれる言葉に、どうしたって揺さぶられる。よーちゃんは、クラス会の最中、酔ったフリをしてまで、私を説得しようとしてくれた。だけどその優しさこそ、今の私には相応しくない。もう、これ以上甘えては居られないのだ。堪えるように、ぎゅっと下唇を噛みしめて、顔を上げた。

「……よーちゃん」

「ん？」

「〝もう良い〟は、私じゃなくて。もっと早く、あいつに言ってあげるべきことだったんだよ」

一つ一つの言葉を自分に刻むようにゆっくり笑顔で告げる。よーちゃんの顔が一気に強張った。私は「また連絡するね」と気付かないフリをして笑う。彼女はタクシーが発車する最後の最後まで、後ろ髪を引かれるような様子だった。

夜に消えていく車体をしばらく眺めて、身体を翻す。視線を投げれば、まだ店の前で楽しそうに、尽きない思い出話に花を咲かせる男女が居る。その光景にふと笑いながらも、心にまた、暗い影がぽつりと落ちた。沈んだ気持ちを、今から二次会へ向かう彼らに伝染させることだけは避けたい。今日はこのまま帰ろうと決めて、スマホの乗り換えアプリを開きながらバス乗り場の方へと足を向けた。

「――おい」

低く平らな声が、その行手を簡単に阻む。いつからそこに居たのか、立ち止まる私を睨む長身の男が夜に溶け込んで立っていた。

「……なに」

突然過ぎて、心の準備を全くしていなかった。「おさまれ」と念じるほど忙しなく拍動を急ぐどうしようもない心臓は、もう何年もの間、治る兆しが無い。動揺を悟られないように表情は硬いままを保った。

「お前、いちいちムキになって答えんじゃねえよ」

「……は？」

不機嫌そのものみたいな声が、明らかに私を非難している。舌打ちも聞こえたような気がして、眉間に皺をギュッと寄せた。

「変に反応する方が怪しいって、いい加減学べ馬鹿」

腕を組んだまま鬱陶しそうに伝えられ、そこで漸く何の話かを理解した。

『もうさっさと付き合えよ』

『つか結婚しちゃえば？』

『――え、こいつと!?　絶対あり得ないでしょ』

さっきみんなから受けた提案は、大きなリアクションと共に男を指差しながら全面的に否定した。それが不自然だと分かっていても、無理にでも笑って周りの意見を吹き飛ばす以外の方法が私には無い。そんな私のことを、この男は簡単に「変な反応だ」と揶揄《やゆ》出来てしまうのだ。

『――こっちのセリフだわ』

私の否定の後、たったそれだけを、ビール片手に難なく吐き出したこいつの姿も一緒に思い出す。正しい反応なのに毎回ちゃんと胸を抉られる私は、あまりに滑稽《こっけい》だと自覚している。

「悪かったですね。別に〝何も無い〟のにこんな馬鹿とのこと怪しまれたら、さぞ迷惑ですよね？　以後気をつけます」

世界一レベルで可愛くない言葉と共に、足早に男の前を通り過ぎようとした。

「……珠杏」

「勘違いされたくないなら、そんな風に名前も呼ばない方が良いと思いますけど」と、胸の内で浮かんだ反論を、口に出せない。それどころか結局また立ち止まって、睨みを利かせながらも男の方へ視線を寄せる自分に嫌気がさす。

「明日、衣笠行くんだろ。何時」

「良い」

「は？」

「来なくていい、一人で行けるから」

「……お前な」

「……臨」

面倒そうな溜息と共に、この男はどんな風に私を諭そうとしているのだろう。

いや、違う。

――〝どんな風に諭されたフリをして、私はまたこの男を縛ろうとするのだろう〟、だ。

咄嗟に名前を呼べば、向こうの言葉は、不自然に途中で立ち消えた。

『〝もう良い〟は、私じゃなくて。もっと早く、あいつに言ってあげるべきことだったんだよ』

ついさっき、よーちゃんに伝えたばかりの言葉が、自分の心をもう一度しっかりと突き刺した。

「もう、良いよ」

「……は？」

「――臨。もう私のことが『可哀想』って、思わなくて良いんだよ」

いつもの仏頂面が、みるみる驚きに満ちて薄く唇が開かれた。否定も肯定も生まれない沈黙に居た堪れなくなる。「大丈夫だから」と震えた言葉を残し、逃げるようにその場を走り去った。

「同情」だけで繋がれてきた私とあの男の脆い道が、ゴールを見つける前に壊れていく。

――とうとう、言ってしまった。

自分が鳴らした消滅の音が、耳鳴りのようにずっと遠くで響いていた。

昨日のクラス会の後、私はそのまま横浜の実家に泊まった。〝この時期〟に東京で一人暮らしをする私が帰省することは両親も分かっていて、勿論いつも温かく出迎えてくれる。そして、「行ってらっしゃい」と、少しだけ不安を残した表情でまた送り出してくれるのもいつものことだ。

そんな二人の表情を思い出しながら横須賀線に揺られて約五十分。高校の制服に身を包んで毎日通っていた衣笠駅に降り立った。東京では目まぐるしく、日々目にする景色が呆気なく移り変わっていったりするけれど、この駅から見渡せるものは、少し色褪《いろあ》せることはあれど、殆ど変わらない気がする。ノスタルジーは案外手頃に手に入ってしまうと、その度に思う。


黄色やオレンジ色、ビタミンカラーでアレンジを施してもらった花束を両腕でぎゅっと抱えて、ゆっくりとなじみ深い駅舎を抜けて歩き始める。

『お前、ちんたら歩くな。日が暮れるわ』

『そんな言うなら自転車で来てくれたら良かったじゃん』

『実家で久しぶりに引っ張り出したら、パンクしてたんだよ』

『はあ？　役に立たないなあ』

『あ？』

毎年、臨と二人で訪れていたから、一人で〝あの場所〟まで向かうのは初めてだ。自分が望んだことなのに胸がチクリとまた痛んで、振り切るように左へ曲がる。

「……あっつい」

少し足を動かしただけで、勝手に汗が滲むこの季節のことを好きになれた試しが無い。首筋を伝うものを片方の手の甲で拭う間にも、真昼時の眩《まばゆ》い日差しが襲い掛かる。アスファルトに射し込む光が、容赦ない照り返しとなって攻撃してくるので、思わず目が眩《くら》んだ。

「――お姉さん、一人っすか？」

瞬きを繰り返してなんとか自分の視力を取り戻そうとしていた途中、弾んだ声が直ぐ隣から聞こえてきた。不意を突かれて心臓が痛いほど大きく跳ね上がる。軽い口調なのに、金縛りにあったように一瞬でその場から動けなくなってしまった。その声を忘れられたことは、この六年間、一度たりとも無かった。誰のものかなんてとっくに分かる。焦がれて焦がれて、もしまた会えたら何を言おうか、何度想像を繰り返したか分からない。だけど、シミュレーションなんてこういう肝心な時に、何の役にも立たない。

今まで、一体どこに居たの。ずっとずっと、探してたんだよ。私のこと、怒ってたんじゃないの。もう、愛想を尽かされたのかと思ってた。――どうしてこのタイミングで会いに来てくれたの。

感情のメーターが振り切れているのか、胸の内で次々にめぐる想いが全く上手く整理出来ない。

「珠杏」

ただ、名前を呼ばれた。それだけのことで、何も収拾のついていない頭なのに、条件反射のように瞳が潤んでいく。そしてとうとう視界にその姿を収めてしまえば、一層涙の膜が分厚さを増す。

これは、夢なのだろうか。――ううん。夢でも、構わない。

「……一人ですけど、何か。二十四歳独り身ですけど、なんか文句ありますか？」

私だけが動揺しているのを相手にいとも容易く悟られるのは、悔しい。ぎゅうとより強く抱えていた花束を握りしめながら言った。声の震えを抑えようと意識しすぎて、想像以上に低い声になってしまった。

「え、こわ!? なんか思ってた反応と違う。アラサー女子、こっわぁ」

「うるさい、しかも、未だアラサーじゃない」

両手を頬に当てて、わざとらしく焦る男を鋭く睨みつけた。でも、私の反応を見て、今度はけたけたと笑い声を上げる男からは、緊張感というものが全く感じられない。

「珠杏ちゃん、今日一人なの？」

「……それが何か」

「おいおいおい。臨はどうした」

「知らない」

「……え、何お前ら。また喧嘩したの!?」

「別に喧嘩とかじゃない」

眉をへなへなの八の字にして「嘘だろぉ？　お前ら何歳だよ」と肩をすくめる男を思わず凝視する。私の視線に気付いたのか、小首を傾げた男が「どした珠杏」と、昔と何も変わらない軽口を叩く。

「――節」

「ん？」

真っ直ぐ視線が交差する。久しぶりに名前を呼んで、当然のように反応を返された。たったそれだけのことでまた脆い涙腺が壊れかける。奥歯を噛んで、努めて平静を装った。

「……きのう、クラス会だったんだよ？」

ぱちぱちとあどけなく瞬きを繰り返した男は、私の言葉にふにゃりと表情を崩す。

「あーそうだよなあ、行きたかったわ」

「みんな、節に会いたがってた」

「だろうな、俺ってば常に人気者でお困り申す」

「……何その変な言葉。来れば良かったのに」

「バカ言うな珠杏、こっちは忙しいの。お前らと違って？」

「失礼だな」

すかさずツッコミを入れると、また楽しそうな笑い声が、私達の通学路に昔と同じように木霊する。

「ほらオバチャン、そんなちんたら歩いてたら目的地に辿り着く前に日が暮れるわ！」

「節が元気すぎるんだよ、もうこっちは既に汗だくだよ。今日暑すぎる」

「おい情けないぞ、宮脇珠杏!! お前の本気はそんなもんか！」

「……相変わらず、声でか」

パンパンと手を叩いて熱血コーチのように私を鼓舞してくる男に、既に疲弊した視線を投げる。きらきらと輝く半袖の白いワイシャツ姿の節には、汗ひとつ見えなかった。胸ポケットに刺繍された校章には、勿論見覚えがある。私が六年前に手放したものだ。既に日焼けし始めている小麦色の肌に、にかっと笑った時に見える左上の八重歯。地毛である茶色がかった髪の襟足をすっきり刈り上げた短髪の男は、誰が見ても溌剌として健康的な青年の印象を抱かせる。

「この暑い日に、そんな黒い服着てるから余計暑いんだろお」

「……でもやっぱり今日は、ちゃんとしたくて」

「相変わらず俺の幼馴染は、真面目だなあ」

私の黒いワンピース姿を指摘した節の丸っこいビー玉のような瞳が、夏の日差しに反射して眩しく輝いた。

「珠杏。お前、髪伸びたね」

「……そう？」

「うん。入学した時は、こんくらいだった」

自分の右肩に手を置いて長さを示す節に頷く。ミディアムヘアだったあの頃から考えると、胸元まである私の髪は、確かにすっかりロングヘアと言って差し支えない。

「しかも入学初日、『ヘアセットが崩れる!!』ってブチ切れされた気がする」

「余計な事思い出さなくて良いの」

記憶力の良い幼馴染に非難を込めて目を細めると、節は、けたけたと楽しそうに笑い声を響かせる。

「よし、じゃあ俺が改めてこの道を案内してしんぜよう」

そう言って、元気に私の前を進んでいく背中は、どうしたって昔に重なる。

『――初登校に緊張しっぱなしの珠杏に、通学路にある楽しさを教えてしんぜよう』

心臓を鷲掴《わしづか》みされるかのような痛みを抱えて、思わず節へと手を伸ばそうとした時だった。

「……あぁ!!」

「び、びっくりした。なに」

突然張り上げられた声に、慌てて気付かれないように自分の手を引っ込める。

「そういえば、あの女子高いつの間に共学になったんですか!?　ショックでかいんですけど。だってなんか、プレミア感が半減だよ!?」

「……は？」

決死の形相でこちらを振り返ったりするから、何事かと思えば。全力で捲《まく》し立ててくる節に、身体から力が抜けていく。

「あとさあ。あのコンビニも、いよいよジャンプに全部フィルムかけられてて、立ち読み出来なくなりました。世知辛えな〜」

昔と何も変わらない節のおバカさと、――温かさを思い知って、身体が脱力するのに合わせてつい、気が緩んだ。

「珠杏ちゃん聞いてる!? ……珠杏？」

さっきまで我慢していたのに、じわじわとまた視界が滲むのに気付いて俯く。何の反応も示さない私に違和感を抱いたのか、節が私の顔を覗き込んできた。そして、目が合うと気まずそうに頬を掻いて「久しぶりで、ちょっとはしゃぎ過ぎたか」とはにかむ。

「……〝それ〟、毎年すまんね」

「こんなことしか、出来ないから」

トーンを落として節が指し示したのは、私が胸に抱える花束だった。そして私の言葉に
「そんなことねーよ」と、ゆっくり首を横に振る。

「前ちゃんも、毎年ぜったい来てくれんの。喉飴もくれる」

「……うん。知ってるよ」

「律儀だよなあ」と言う節は、眉を八の字にして珍しく苦々しい笑みを浮かべた。

「まあ俺、事故の記憶ほぼ無いけどな。ぽーんって身体飛んだだけ。痛いとか思う前だったし多分」

「……そっか」

「おいおい暗いな珠杏ちゃん!!」

「節が元気過ぎるんだよ。私もう、二十四歳だよ」

「だよなあ。俺より六個も歳上になってんじゃん」

「……節は、変わんないね」

「そりゃな」

——幽霊が歳取るのも、なんか癪《しゃく》だろ。

自分がこの世の者ではないと、あっけらかんと伝えてくる節の言葉に、心がまた重さを増す。日差しの強くなる、昼下がり。じっとしているだけでも汗ばむ陽気の中で、節にはやはり汗ひとつ見えなかった。

「……節」

「お？」

「節の命日が近づくと、絶対に、クラス会やるの」

「……うん。墓参りとか、しんみりした感じより馬鹿騒ぎした方がアイツも喜ぶって考えだろ？」

「そうだよ」

「とは言いつつ、もう俺のことを偲《しの》ぶというよりただの楽しい飲み会だろ」

「う、ウーン。そうとも言う？」

「お前らのことなんかお見通しだ！」と的確に指摘してくる節が、口を尖らせながらも嬉しそうに微笑む。

「……あと私は、命日には、駅から〝この道〟を歩いて、お花を渡しに来てた」

「こら珠杏。嘘を吐くな」

「え……」

「お前は相変わらず、嘘を吐く時に俺の目を見ないなあ。……私は、じゃなくて、〝私たちは〟だろ？」

またしても鋭い節の指摘に言葉が詰まる。喉へ必死に唾液を押しやっても、苦しい渇きは消えない。「知ってるに決まってるだろ」と、低く落ち着いた声色で続けられる。

「毎年、ま〜〜くだらない言い合いしながらだったけど、臨と二人で来てくれてたから俺も安心してたし」

「……やっぱり、ずっと、見てたんじゃん」

へなへなの声で非難してしまった。ビー玉のように透き通った無垢な瞳を丸くして私を暫く見つめた節は「しまった」と表情を崩す。

あの事故の日以来、私が節の姿を見られるようになることは、この六年間、ただの一度だってなかった。

『――――お姉さん、一人っすか？』

さっき、節が道の途中で突然現れて声をかけてきた時。どこか悔しくてはやる心臓に気付かれたくなくていつも通りを装ったけれど、本当はとっくに泣き出してしまいたかった。

目に角を立てて目の前の男を凝視していると、勝手に縁に涙が溜まってしまう。

「……時間差で泣くなよお」

「泣いてない、これは汗」

「だからね、俺もそれ信じるほどは、流石にバカじゃないのだよ。……見てたよ、いつも。お前が俺をこっそり捜してくれてたのも、臨に嘘を吐き続けてんのも」

もしかしたら「命日なら、節が会いに来てくれるかも」と邪《よこしま》な気持ちも抱えて此処を訪れる時、律儀なあの男は必ず私に付き添った。一人で良いといくら言ったって、私の意見を突っぱねた。そして、じっと唇を一文字に結んだ仏頂面のまま、私の気が済むまで毎年付き合ってくれた。

「もう流石に今年はくっつくだろと思って毎年見てんのに、まあ何年も焦れ焦《じ》れモジモジ、限度あるわ、おバカ！」

「……節が一番、分かってるでしょ……？」

「何を」

「──そんなゴール、私に辿り着く権利無いよ」

頼りなく声が揺れ続けるのを止められない。涙を沢山含んだ言葉を、自分に刻みつけるように口にすれば、胸が張り裂けそうだった。

「……だから、今年は一緒に来なかった？」

節の声も、震えていると分かった。

「お前、臨から本当に離れるつもり？」

いよいよ頬を濡らしていくものを確かに感じながら、全てお見通しの節の声にただ、頷いた。

──このどうしようもない恋に呪いをかけたのは、紛れもない私だ。

『節が居たことも、お前の気持ちも。一生俺がお前の傍で、ちゃんと覚えておく。忘れないから安心して良い』

節が居なくなって、そう約束した仏頂面の男は、私が想像していたよりもずっとずっと、何倍も律儀だった。

『──臨。もう、私のことが「可哀想」って、思わなくて良いんだよ』

昨日、クラス会の帰り際に臨に伝えた言葉を思い出せば、とっくに覚悟は決めた筈なのに未練がましく涙が出る自分が情けない。そんな私をじっと見ていた節が、大きな溜息と共に歯痒《はがゆ》そうに後ろ首を掻いた。

「だから珠杏の方から、離れようとしてんの？　……会社で異動願いまで出して？」

「……丁度、関西にお店新しく出す話があって、オープンスタッフの募集してて、」

節にはそれもバレているのだと感じながら、昨日、よーちゃんに打ち明けたことを思い出す。

『――よーちゃん。私ね、近々、東京を離れようと思う』

突然居なくなる私を、臨はどう思うかな。ホッとするだろうか。少しだけでも寂しく、思ってくれるだろうか。

――私が一生抱えていく寂しさの十分の一でも、構わない。

今もなお未練がましく抱いてしまう願いに、ぼたぼたと落ちていく涙を懸命に拭う。

その様子を見守っていた節がこちらへ臆病な仕草で手を伸ばす。でも、いつも温かさを保って撫でてくれていた手は、私をすり抜けてしまった。それに痛みを堪えるような表情を見せる節に、また涙の量が増える。

「泣くな珠杏ちゃん。俺、慰めることも上手く出来ねーんだから」

「……ごめ、ん」

「……ほんと嘘吐きだなあ、珠杏」

指摘されても、言い返す言葉もない。嘘吐きで、狡くて、どうしようもない。

臨への気持ちも、節の姿が本当は〝視えない〟ことも、この六年間ずっと一人で隠し続けてきてしまった。

「でも、お互い様だな」

「……え？」

「あいつも、充分嘘吐き」

「あと俺もな」と柔らかく言った節の笑顔が、燦々《さんさん》と輝く太陽の光と共に眩しく虹彩《こうさい》を貫いて、その姿を見失ってしまった瞬間だった。

「――――珠杏!!」

切迫した声が誰のものか、直ぐに分かる。

あの頃のように、白いワイシャツ姿じゃない。だけどこちらへと勢いよく自転車を漕ぐその姿が、どうしても六年前に重なる。

何で。何で、来るの。

臨。もう私、臨を解放してあげたいんだよ。

膝から力が抜けていく感覚に、口元を覆ってその場にしゃがみ込もうとした。

ガシャン、といつかと同じように大きな音が立った瞬間、視界の端で自転車が放り出された。そのまま傍までやって来て、私の腕を力強く引っ張りあげた臨は、肩で息をしたまま、両方の腕で私を掻き抱いた。不器用な温もりが、優しさが、いつも狡い。ずっと変わらない臨の匂いに包まれたら、私は揺らいで、負けそうになってしまう。

「……臨、離して」

「……無理」

「りん」

「嫌だ」

まるで子供のようにそう呟く男が、苦しいほどに私を抱き締める。


「――節、居んだろ」

再び私が口を開く前に、臨が親友の名前を呼ぶ方が先だった。ぶっきらぼうな声がいつもより揺れている。ふわりと爽やかな風が吹いたのと同時に、先程一瞬姿を消した節が、再び私と臨の前に現れた。

「久しぶりじゃん、臨ちゃん」

にこにこと笑顔の節を睨み付ける臨の姿に、腕の中で呆気に取られていた。

どうして。

「お前、ふざけんな。この六年間、ずっとどこに居たんだよ」

――どうして、臨が、節と会話しているの。

信じられない光景に目を疑った。でも、視線を私に戻した臨は、何か覚悟を携えたように強い光を瞳に宿していた。

「珠杏、あのな。臨も〝視える〟んだよ」

「まさか」と思いながら抱いていた予感を確かな事実として伝えてくる節が、大きな丸い瞳をあどけなく細めた。隣の仏頂面の男は眉一つ動かさず、私を拘束する腕の力も緩める気配が無い。

「……嘘でしょ……？」

「嘘じゃないよ？　ほら」

節が「えいッ」と突然右手でパンチを繰り出すと、臨が反射的に避ける。その様子にまたケラケラと子供のように笑う節に舌打ちをする男をただ凝視する。「どうして、言ってくれなかったの」と掠れた声をなんとか絞り出すと、気まずそうに視線が逸らされた。

「言ったろ？　臨ちゃんも嘘吐きだから」

「……え？」

「そもそも、この回り道を作るきっかけになったのは、臨だよ。俺が入学した頃、臨がなんでかみんなと別の道で高校まで通ってるの気になりすぎて、俺尾行したんだよな」

両手を腰に当てて、何故か誇らしげに胸を張る節に、呆けた顔を向ける。

『え、なんだこの道!?　めッッちゃ遠回りじゃね!?　保城、もしかして方向音痴か!?』

『……何なのお前』

私がまだ、この高校に入学する前の出来事なのに、二人の会話は簡単に想像が出来てしまう。

「面倒だし、『あっちは霊が視えるから』って敢えて本当のこと言って突き放そうとしたのに、逆に食いついて来てうざかった」

「甘いなァ、臨ちゃん‼」

声を上げて笑う節に、疲弊したような溜息を漏らす臨の顔を見て、高校時代に交わした会話を手繰り寄せた。

『……節は、どうしてあの道のこと分かったのかな。霊感とか全く無い筈なんだけど』

『知るか、野生の勘だろ』

私のために節がこの通学路を用意してくれたきっかけを、あの時の臨は、そう言って流していたくせに。

「……嘘吐きだ……」

ぽつりと呟くと、不服そうに目を細めて睨みを利かせる男が、歯切れ悪く再び言葉を繋ぐ。

「昔から、俺も色んなものの気配が分かる。でも珠杏みたいにいつも鮮明に視えたり、声が聞こえるわけじゃない。自分の身体に影響するほど敏感で大きな力でもないし、気付かないことも多い。筑波のお婆さんの時も、俺にはぼんやりとした気配だけで、姿は視えてなかった」

「そう、だったの」

「この力に、良い思い出は殆ど無い。でも〝あの日〟から、俺もこのバカのことをずっと捜してた。『節が傍に居る』ってお前に言われた時、気持ちが分かった。例えばそれが嘘でも、良かった。……節が居るって、信じたかった」

　こんな風に臨が沢山話すのは凄く珍しい。紡がれる苦しさは、私がこれまで抱えてきたものと同じだった。

『節、此処にいんの？』

『うん、今、「臨ちゃんの熱烈なハグ苦しい〜〜」って言ってる』

　この道の途中で抱き締め合った時のことを思い出して、意図せずまた涙が頬を滑り落ちる。ぎこちなくそれを拭い取る骨張った指は、どこまでも優しかった。

「え、どうしよ。二人とも俺のこと大好きなんじゃん……」

「……お前は本当に、何をしてたんだよ」

「なんもしてない」

「は？」

　私達の隣でいつもの笑顔を携えた節は、「でもお前らに会いにくるつもりは無かった」といつもの調子で伝えた。

「どうして……？　私に、愛想尽かしたから……？」

震える声でずっと考えてきたことを問いかけると「おバカ」と即座に撥ねつけられる。

「俺がお前に愛想尽かすことなんか一生無いって、前にも言わなかったっけ」

「……うん」

寂しげに微笑んだ節が「そうじゃなくて嫌だったんだよ」と続けた。

「俺が姿を見せたら勿論、二人が俺を見つけてくれるの分かってたけど。頼るの嫌だった。だって、〝視える〟ことは、お前らがずっと長い間、苦しんできた部分が大きい力だろ」

私がこの力と上手く向き合えずに傷ついてきた姿を一番近くで見ていた節の優しさが、心に洪水のように流れ込んでくる。

「しかも珠杏。――お前この力、殆ど無くなってるだろ」

予感は、確かなものになった。弱まっていく一方だった力は、大学を卒業して就職した辺りから、無いに等しくなってしまった。どんな人混みの中でも、私の目には何も映らない。

こくりと頷いて、目の前の臨へと視線を向ける。

「……本当のことをずっと黙って、騙して、ごめんなさい」

弱くなる力に反比例するように増していった罪悪感を、とうとう臨に吐き出した。

「知ってる」

「……え？」

思いもよらない返答に、目を見張る。

「大学の食堂とか、俺でも明らかに気配を感じる場所で、お前が平気そうな時が多かったから。珠杏の力が弱くなってることは分かってた。でも俺が、『節が居る』って信じることに決めたから、何も言わなかった。騙されたなんて思うわけないだろ」

力強く言い切る臨に、涙の量がまた増える。

「早く、力のことなんか忘れれば良いのに。律儀に俺のことを捜し続ける幼馴染と、素直じゃない親友にとうとう我慢出来ず、出てきちゃっただろお。あ、ちなみに今、お前らに俺のことがはっきり視えてるのは、たぶん俺の想いの強さってやつ？　奇跡みたいな？」

節の、どこまで本当なのかよく分からない理論に拍子抜けしながらも、その言葉を信じたくなった。――私の人生に起こる奇跡は、もう、たったこれっきりで構わない。

「お前らが、ちゃんと幸せになってくれればそれで良いって決めてたのに」

節は、腕組みをして私と臨を交互に見やる。そして、「お前らほんっと、しょうがねえなあ」と昔のように白い歯を見せて笑った。

「この六年間、何で成仏出来ないかなって思ってた。お前らが上手くまとまらないからかって考えたこともあったけど、流石にそこまで俺もお人好しじゃないわ。……俺は俺なりの、後悔がある」

透き通るビー玉のような瞳を夏の日差しに反射させ、節が真っ直ぐに私を見る。触れられないと分かっていて、それでも頬に手を伸ばしてくる男の温かさを、私はちゃんと感じたような気がした。

「……珠杏」

「……なに？」

「ずっと『この気持ちは家族愛に近い』とか、自分でも思い込もうとしたけどやっぱり違う。

——俺、お前のことが大好き」

透き通る眼差しと、濁りの無い言葉が、私を射貫いた。脈絡なく告げて無邪気に笑う節に、また眦から涙が溢れていった。

「……せつ」

「珠杏、お前もちゃんと言え」

全てをお見通しの幼馴染が、いつも素直になれない、どうしようもない私を優しく導いた。

「大丈夫だから」とまるで言ってくれている節の手に、たとえ触れ合えなくても、自分のものをそっと重ねる。

「……私も、節が、大好きだよ」

「うん」

「——だけど、節の『好き』とは、違う」

節を見ている筈なのに、熱く膨らむ瞼が視界を容赦なく滲ませた。

『珠杏いっぱい友達見えるだろ！　気になる奴は、どんどん誘え！』

『珠杏。お前、俺の高校来れば』

大事にしたい、かけがえのない思い出ばかりをくれる幼馴染への気持ちこそが「恋」なのだろうかと、自分の中で推測してみることもあった。

『お前が話したいって思ったタイミングで、話したい奴にだけ言えば良い話だろ』

『お前の力で、今度こそ出来ることがあるんじゃねえの』

――でも、どこまでも未熟な私は、感じたことのない気持ちを嫌というほど与えられて漸く、その感情の名前を知る幼さを抱えていた。

一番近くに居たい。誰にも渡したく無い。綺麗だけで片付けられないその感情が向かうのは、たった一人だけだ。

「……私はずっと昔から、臨にだけ恋してる」

勢いよく流れていく涙をそのままに漸く伝えると、目の前の節が「そっか」とどこかホッとしたように受け止めた。

「でも珠杏さ、恋じゃなくても俺のこと大好きだろ？　つまり愛じゃんそれ」

「う、うん……？」

何故か繰り返してくる節に同意すれば、ふむと顎に手を当てて頷く男が嬉しそうに笑った。

「珠杏、一個だけお願いある。今度こそ、〝一生に一度のお願い〟」

「授業のプリントを写させて」とか、「お菓子分けて」とか。日常のちょっとしたお願い事をする時、「一生に一度に近い」を付けるのは、節の常套手段だった。優しい記憶を辿って寂しさに震える胸を押さえながら、こくりと静かに頷いた。

「――お前にとってのその愛は、これから先も、絶対他に譲んないで」

まるで幼い子供のようなお願いの仕方に、思わず少しだけ笑顔が零れて、でも結局やっぱりまた、沢山涙が出た。

「……節みたいな人、もう私の人生には絶対に出てこないよ」

「確かに」

鼻声で「だから何も心配要らない」と伝えれば、節は心からホッとしたように微笑んだ。

「……臨」

「……なに」

「お前は、色々珠杏に問い詰めたいことだらけだろうが、もうちょっと俺のターンな」

にやにやと挑発的に笑う節は、眉を思い切りひそめる臨にもう一歩近付いた。

「嘘吐きで意地っ張りで、ほんっとに世話の焼ける臨ちゃん」

「うるせえわ」

「……誰より人の感情に敏感なくせに、自分のことになると疎い臨ちゃん」

「俺も嘘吐きだから謝らせて」と付け足した節が、臨の頭を撫でるような仕草を見せる。

「……臨、あのな。お前が京都の大学から推薦来てるって聞いた時。俺、『離れるの寂しい～～』って言ってたけど、内心ちょっと、どっかで安心してたかもしれない。しかも珠杏が『卒業したら、臨と離れられるのせいせいする』って言ってたとか、ぜんぶ、嘘だよ。……そうやってまた、二人に意地を張らせたら。――お前に珠杏を取られるの、もうちょっと先延ばし出来るかなって思った」

「ごめんな」と、寂しそうな声で謝罪した節を見ていて、今日と同じように蒸した暑さの中に居た私達を思い出す。

『――あのなあ、俺だって毎回毎回お前らの喧嘩の仲裁してやれるわけじゃないんだからな？　そんなお人好しじゃねーのよ』

〝あの日〟、コンビニの前で節が言った言葉の重さを今更思い知る私は、やっぱり馬鹿だ。必死に涙を拭っても追いつかない量が流れ出している。

「でも臨ちゃん、おバカだから。俺の気持ち知って、本当に京都に行く進路、考えてたろ」

「……そんな昔の話、もう忘れた」

「嘘吐きだなあ」

「それに俺は、結局行かなかった。でもこの進路の選択には、節は関係無い。お前、勝手に一人で責任感じて、気にし過ぎ。俺が地元に残ったのも、今、東京に居るのも、全部俺が決めた。――――珠杏の傍に、居たかっただけだ」

ぎゅ、と私を抱き締める逞しい腕も、低いぶっきらぼうな声も、臨にしては珍しく震えていた。

私達の様子を暫く見つめていた節は、「さて」と、自分の背筋をぐんと伸ばして笑顔で切り出した。

「……俺の中の後悔、ちゃんと拭えたようなので。もう、そろそろ行くわ」

引き留めるべきじゃないと分かっていても、情けない表情しか作れない自分に嫌気がさす。

隣で何も発さない臨も、何かを堪えるように腕に力を込めた。

「惜しいよなあ」

「……え？」

「やっと引っ付いて、でも結局これからも喧嘩ばっかりして、年取ってもそうやって一緒に居るお前らと、俺も居たかった。『もう時効かな』くらいのタイミングで、珠杏のこと好きだったってカミングアウトして、臨の気まずそうな顔、揶揄いたかった。お前らと一緒に、大人に、なりたかったな」

歪んだ視界に映る節の輪郭が一層ぼやけていくのが、自分の涙の所為だけじゃないと分かった。

茹だるような暑ささえ、いつも平気で吹き飛ばしてしまうくらいの元気と真っ直ぐさを持て余す、そんな幼馴染だった。

節が一緒に、始めてくれた高校生活だったから。終わりだって一緒で、そしてその後の人生も一緒に進んでいくのだと、何一つ疑わなかった。

「……せ、つ、」

もう一度、名前を呼んだ瞬間だった。

私と臨の頬を擽るように撫でた節が、いつもの笑顔を残して、私には眩しすぎる夏の輝きに消えていくまで、あまりにも静かで、穏やかで。

――こんな切なさを、出来れば、知りたくは無かった。

不恰好に嗚咽が漏れはじめて、ありったけ涙する私を両腕でしっかりと支えてくれる臨も、泣いているのだと分かった。しがみつくように腕を回した大きな背中が、寂しさを堪えて震えていた。

節。

節、ごめん。ごめんなさい。

世話の焼ける私たちの所為で、――天国に行く道でさえ、あまりにも長く、遠回りをさせてごめんね。

静かな通学路の途中、声を上げて泣く私と臨をあやすような優しい風が、たった一度だけ軽やかに吹き抜けた。


「え!?　よーちゃんから凄い電話来てる」

「……だろうな」

　節を見送って散々泣いた後、衣笠駅を目指して通学路を引き返す途中。ハンドバッグにマナーモードのまま入れっぱなしにしていたスマホを確認し、着信履歴にびっくりしてしまった。更にその全てがよーちゃんからのものだということに戸惑っていると、自転車を押しながら隣を歩く臨の反応は、意外なものだった。

「え、どういうこと」

「今日、俺のところにも筑波から電話かかってきたから」

「そ、そうなの」

「『珠杏が、このままあんたの傍から居なくなっても良いのか』って朝から怒鳴られた。

――良くないから、此処に来た」

　淡々といつもの抑揚の少ない声で語られたことに、直ぐさま反応出来ず、立ち止まる。

　昔から、私は臨の前で素直になれた試しが無い。いつも可愛げのない言葉を返しては、節に助けてもらってばかりだった。

『……私はずっと昔から、臨にだけ恋してる』

さっきのだって、節が誘導してくれて、なんとか紡ぐことの出来た言葉だ。

《保城と話出来た？　珠杏。東京を離れるにしても、思ってることを全部自分の言葉にしてからの方が良い。後悔だけはしないで。お節介委員長より》

そして優しいよーちゃんも、スマホにそんなメッセージを残してくれていた。

――私は、私の言葉で、今度こそちゃんと素直に、この気持ちを伝えなければ。

バッグの中に入っていた丸いコインケースを取り出して、胸にきゅっと抱えた。

節。臆病者の私に、どうか勇気を貸して。

「……珠杏？」

立ち止まったままの私に気付いた臨が、不思議そうに振り返った。深呼吸をして、真正面から臨の切れ長の瞳を自分の視線の中に捕らえる。

「臨。コンビニ、寄りたい」

「コンビニ？　なんで」

「この二百円を、使うために」

私が手にするこの百円玉二枚が、誰からいつ受け取ったものなのか、臨にはきっと直ぐ分かる。臨の表情が一気に硬くなった。徐に自転車の片足スタンドを下げてその場に駐車させ、私の目の前まで歩み寄る。

「珠杏、ごめん」

「え……？」

「俺は、お前が『節が傍に居る』って嘘を吐いてくれてるのにずっと気付いてた。気付いて、黙ってた。節が居るって信じたかったのも勿論あるけど、多分、それだけじゃない。――俺は、そういうお前の傍に、居続けられる理由が欲しかった」

　痛みを堪えるように、まるで罪を告白するように、静かに語る臨から片時も目を離せない。頬にかかる私の髪をそっと耳にかけてくれる長い指先は、どこか遠慮がちだった。

「嘘を吐くことも、その二百円を抱えて生きることも。珠杏にとって苦しいことだって分かってても、俺は、お前を解放してやれなかった」

「ごめん」と再び謝る臨に、さっき枯れ果ててしまうくらい泣いた筈なのに、涙が再び流れ始める。

「……臨」

「なに」

「ずっと、臨を縛りつけて申し訳無いって、『ごめん』って、私も同じように、思ってた。でも、もう、終わりにしたい」

　節が居なくなってから今日まで、臨の優しさに付け込んでしがみつく自分をどうしても許せなかった。許してはいけない気がした。

雁字搦めになって、一番大切な感情に蓋《ふた》をして逃げ回っていた弱い自分のままでは、いつの日かまた会える幼馴染に、──私はきっと笑顔で応えられない。

「この二百円は、あの日、節から受け取った」

「……ん、知ってる」

「パピオを、買うために、貸してくれた」

「は……？」

「パピオを買って、臨と一緒に食べて。──『ごめんね』って、お互いに言い合って、仲直りするための、二百円だったの……」

涙交じりのへなへなの声でなんとか伝えると、目の前の臨が驚いたように目を開いて、そしてみるみる表情を歪ませた。「なんだそれ」と何かを誤魔化すように呟いた男が、片手で自分の目元を覆う。その手が震えていることを知って、恐る恐る自分の手を上から重ねる。

「臨。だいぶ、遅くなっちゃったけど。一緒に、食べてくれる？」

涙でぐしゃぐしゃの顔のまま笑って伝えた途端、繋がれた手を不意に、思い切り引っ張られる。引き寄せられて、臨の胸で受け止められた身体が温かさに包まれた。右の頬に心地よい臨の鼓動を感じて、安心感の中で一層涙が増える。

「珠杏」

「……ん……？」

「周りにお前とのこと、腐れ縁って言われるの好きじゃなかった」

「……うん」

「さっきも言ったけど、どれだけ俺が、必死で傍に居たと思ってる。そんな偶然で片付けられると腹立つ」

少しだけ距離を離してこちらを見下ろす男が、私の頬に遠慮がちに自分の手を添えた。

「お前のこと、『可哀想』なんて思ったことねえよ。俺がお前と居たのは、そんな理由じゃない」

私が昨日伝えたことをきっぱりと否定した臨と、ちゃんと視線を真っ直ぐに交わして見つめ合う。


――私たちの回り道には必ず、理由があった。

おバカな幼馴染と仏頂面の男が、私から怖さを避けてくれるための優しさの証拠だった。

一人で抱えてきた寂しさをみんなで分け合うことで、少しずつ受け入れようとした。

居場所を無くしたくないと素直に縋り付けない自分達の悔しさを昇華したかった。

臆病な私達が、本当の気持ちを伝え合うことを避け続ける苦しさの入口でもあった。

そして。

「お前のことが、ずっと好きだから。無理矢理にでも、傍に居たかっただけだ」

――ちゃんと最後は、愛しさに繋がっていた。

もっと、臨の顔が見たいのに。大粒の涙の所為でぼやけてしまった視界が勿体無《もったいな》くて、必死に瞬きを増やした。ふと笑う男が、優しく指で拭って手伝ってくれる。

「……臨」

「なに」

「あんた、なんでそんな自分のことだと鈍いの」

「お前が分かりづらいんだろうが」

む、として睨み上げようとしたのに、いつもの鋭い瞳が真っ赤で、キラキラと涙を含んで濡れている。

「……昔から、ずっと一人だけだよ」

臨がしてくれたのと同じように、綺麗な目元に浮かぶ涙をそっと指先で拭う。気恥ずかしいのか、照れを隠して目を眇める臨に思わず顔がほころんだ。

「『好き』って言うのに、どうしても勇気が必要なのは、臨だけだよ」

そして漸く気持ちを伝え切った途端、目の前を影で覆われて唇を塞がれた。荒っぽさなんて微塵もなくて、丁寧に優しく、辿々しく感触を確かめるようなキスは何よりも愛しかった。

暫くしてそっと離されて、二十四歳にして恋愛経験値が最低を誇る私の顔は、面白いくらいに赤く染まっていたと思う。

顔を覗き込んできた臨は、形勢逆転と言わんばかりにじっと私の様子を見つめては、可笑しそうに珍しく表情を崩す。文句を言ってやろうかと思ったけれど、結局その前に優しく抱き締められて、今は、大人しくその腕の中に収まることを選択した。

『お前らほんっと、しょうがねえなあ』

――青春真っ只中だった、あの頃の、大好きな幼馴染の彼曰く。

「臨、いつから私のこと好きだったの？」

「最初」

「さいしょ……？」

「お前が入学してきて、こうやって自転車の後ろに乗せた時。多分一目惚《ひとめぼ》れ」

「……へえ」

「いた、なんで殴んの」

「あんた、分かりづらすぎるでしょ」

「あと、初日から遅刻しても絶対に節の所為にしない潔さも好きだった」

「……ふうん」

「お前、さっきから照れ隠しに背中殴んのやめろ。振り落とすぞ」

これはがむしゃらだった私達が、ゴールに漸く辿り着くまでの、
何よりも愛しい〝超最強ルート〟

完

あとがき

はじめまして、柑実《かんみ》ナコと申します。この度は、本作『君はいつも、迂回する』をお手に取って下さり、そして此処まで物語を見届けていただけたこと、本当にありがとうございます。この物語は『泣ける文芸小説コンテスト』という賞に応募するために書き下ろした短編でした。どうしても挑戦したかった理由は、応募要項の中の《読み終わった後、どこか前向きになれるものを》という言葉が心に残ったからです。それは私が創作を行う上で最も大切にしていること、そのものでした。私がネットに作品を公開し始めたのは二〇二〇年、新型コロナウイルスが猛威を奮い始めた頃です。制限だらけの生活の中、自分の心に溜まっていく声を救ってあげたかったのかもしれません。読者様から宝物のような言葉を受け取る度に、「大変な毎日でもちょっとだけ前を向いてみようと思える作品を」と自然と創作のスタンスが固まっていきました。なので、このコンテストとの出逢いは、私は勝手に運命だと思わせていただいております（笑）。

本作のメインは、高校生の意地っ張りな男女と、茶目っ気たっぷり（おバカ）な男子が横須賀という海と緑に囲まれた豊かな土地を舞台に織りなす青春ストーリーです。大人になるにつれ、どんな場合でも最短経路を考えることが増える一方、あの〝青春〟という限られた世界でだけは沢山の迂回と、それに伴う失敗と、そして今では得難い、目が眩む程の輝きがあったと感じます。珠杏、臨、そして節。三人の途方もない迂回には全て理由と、彼等の不器用な想いが隠されています。軌跡を辿り終えて下さった皆様に、少しでも前向きな気持ちをお贈りすることが出来ていれば幸せです。

最後になりますが、この場をお借りしてお礼を伝えさせて下さい。本作の改稿作業を支えて下さった担当編集の尾中さま。本当にお世話になりました。原稿へ手書きして下さる感想を読む度嬉しくて、時々笑って、何度も元気をいただきました。装画を担当下さった急行2号さま。繊細な光が差し込む美しい迂回路に高校時代の三人が立っているデザインを拝見した時の嬉しさを、生涯忘れません。出版にあたりご尽力いただいたマイクロマガジン社の皆様。書店員の皆様。校閲者様。受賞の時も書籍化が決まった時も、自分ごとのように喜んでくれた大好きな人達。そして何より、本作に目を留めて下さった全ての皆様。

沢山の方々の支えがあって本作が在ることをしっかり胸に刻み、私もまた前を向いて、物語を紡いでまいります。日々、心から感謝しています。またどこかでお会いできますように。

二〇二三年 六月吉日　柑実ナコ

ことのは文庫

君《きみ》はいつも、迂《う》回《かい》する

2023年6月26日　初版発行

著者　柑《かん》実《み》ナコ

発行人　子安喜美子

編集　尾中麻由果

印刷所　株式会社広済堂ネクスト

発行　株式会社マイクロマガジン社
URL：https://micromagazine.co.jp/
〒104-0041
東京都中央区新富1-3-7 ヨドコウビル
TEL.03-3206-1641 FAX.03-3551-1208（販売部）
TEL.03-3551-9563 FAX.03-3551-9565（編集部）

本書は、小説投稿サイト「魔法のiらんど」（https://maho.jp/）に掲載されていた作品を、加筆・修正の上、書籍化したものです。
定価はカバーに印刷されています。

ISBN978-4-86716-433-4　C0193
乱丁、落丁本はお取り替えいたします。